미중 전쟁

1

미중전쟁

1
풍계리 수소폭탄

김진명 장편소설

쌤앤파커스

작가의 말

집필을 끝내고 저 멀리 월악산을 바라보며 차 한 잔을 마셨다. 지난 시간이 주마등처럼 뇌리를 스쳐 지나간다.

아쉬움이 남는다.

사드.

우리 정치계가 사드는 단순한 포대 하나가 아니라 받으면 중국을 잃고 안 받으면 미국을 잃는 메가톤급 재앙이라는 나의 메시지를 진지하게 받아들였다면 이토록 문제가 꼬이진 않았을 것이다.

어차피 성주에 놓고 미군을 보호할 용도라면, 왜 캠프 캐럴 같은 널찍한 부지를 지목해 미군 스스로 알아서 하도록 하지 못했나 하는 유감이 남는다.

그리고 ICBM.

나는 25년 전 한반도의 핵개발을 소재로 작품을 발표했던 작가로서, 작금의 이 벼랑 끝 상황에서 내가 해야 할 역할이 무엇인지 깊고 아프게 고뇌했다.

어떻게 해야 미·중·러·일의 이해가 실타래처럼 얽혀 있는 이 한반도에서, 위기의 씨줄과 날줄을 넘나들며 끊임없는 공포를 조장하는 북핵 문제를 해결할 수 있을까.

그리하여 나는 이 책《미중전쟁》을 쓰게 되었다.

지금 우리 사회는 이참에 미국과 더불어 북한 핵을 완전히 끝장내는 게 옳은지, 무슨 일이 있어도 무력충돌만은 안 된다는 마지노선을 지키는 게 옳은지 의견이 갈리고 있다.

여기에 더해 사드 보복으로 한중관계까지 뒤틀려 있지만 나는 정말 두려운 건 북핵도, 트럼프의 불가측성도, 중국의 경제 보복도 아니라는 생각이 든다.

문제는 우리가 분명한 시각이나 태도를 취하지 않고 그저 눈치만 본다는 사실이다.

그간 미국과 중국, 심지어는 핵개발 당사자인 북한의 눈치까지 보는 게 대한민국 북핵 외교의 알파요, 오메가였다. 그리하여 미국이 화내면 미국을 달래다 정확히 그 반대편에 서 있는 중국을 분노케 하고, 다음엔 중국 편으로 달려가 비위를 맞추다 다시 미국의 배신감을 초래하곤 했다.

인류의 역사는 이러한 시계추 같은 처신이 어떠한 결과를 야기하는지 너무도 뚜렷하게 보여준다. 실제 우리는 지난 세기 초 지금과 똑같이 열강 사이를 돌아다니다 결국 누구도 동행으로 만들지 못하고 나라를 빼앗기고 말지 않았던가.

내가 하고 싶은 얘기는 오직 하나, 이렇듯 물속에 몸을 숨긴 채 잠망경만 내놓고 눈치를 보다가는 우리가 설 자리를 스스로 잃어버리고 만다는 지극히 간단한 진리이다.

우리는 결연히 몸을 드러내고 대한민국의 원칙과 입장이 어떤 것인지 천명하고, 이 노선으로 국내의 보수도 진보도, 미국도 중국도 북한도 모두 이끌어가야 한다.

원산 앞바다까지 가공할 위력의 B-1B 폭격기를 들이대는 미국과 워싱턴까지 날아가는 대륙간탄도탄을 거리낌 없이 발사하는 북한 사이에서 조금만 삐끗해도 전쟁이 터지는 일촉즉발의 상황인데, 눈치 보는 것 외에 무엇을 할 수 있을까 라고 생각해선 안 된다.

힘이 없을수록, 어려운 상황일수록 더욱더 원칙에 기대야만 하는 것이다.

북한에 대해선 핵 포기가 없는 한 어떤 타협도 대화도 없다는 원칙, 미국에 대해선 어떤 군사작전도 반드시 우리의 동의를 얻어야 한다는 원칙, 중국에 대해선 이 순간 이후 어떠한 치졸한 보복도 용납하지 않는다는 원칙을 천명하고 그것을 굳게 지켜나갈 때에만 우리가 원하는 대로 북핵 문제가 풀린다는 사실을 나는 말하고 싶다.

용기와 결단 없이 해결할 수 있는 난제는 없다.

김선동 회장님, 이태호 운전병과 탈고의 기쁨을 같이 나눈다.

11월 마지막 날
제천에서

김진명

차 례

"개자식들! 70여 년 만의 복수요.

그동안 공화국이래 얼마나 불안해하며 살았소.

이제 수틀리면 너 죽고 나 죽자 식으로 나가는 거요.

동시에 수소폭탄을 다섯 발이고 열 발이고 쏘는데

놈들이 견뎌나갔소?"

1.

비엔나

비엔나 프라터 스트라세 31번지, 세계은행.

슈나이더 총재는 수화기를 타고 흘러나오는 워싱턴 김용 총재의 목소리에 미간을 찌푸렸다.

"아프리카에 보낸 우리 세계은행 자금이 거기서 초단기 투기자본으로 돌아다니는 걸 알고 있나요?"

"요즘은 못 듣고 있는데요."

"바다 건너 여기서도 들리는데 거기 현장에서 전혀 듣지 못하고 있다고요?"

"그런 정보가 간혹 있기는 하지만 막상 조사에 들어가 보면 아무 문제가 없습니다. 처음부터 실체가 없는 허위 정보인지, 아니면 워낙 교묘하게 위장을 하고 있는지는 모르지만 말입니다."

"거기 계시는 총재께서 그런 걸 좀 세밀히 챙겨주셔야지, 자금이 줄줄 새고 있는데도 금시초문이라 그러시면 어떡해요? 유력한 정보에 따라 한 사람을 보냈으니 총재께서 그를 도와주세요."

"한 사람? 자금세탁을 조사하는 사람이란 말입니까?"

"그래요."

"그런데 한 사람이라고요?"

"그렇소."

"그 사람이 독일어는 합니까?"

슈나이더 총재는 비아냥거리는 투로 물었다. 국제적 규모로 이루어지는 자금세탁은 워낙 교묘해 수십 명의 조사요원이 달려들어도 실체를 파악하기 어려운데 단 한 사람이 워싱턴에서 비엔나로 날아온다니!

"업무를 수행할 수 있을 만큼은 할 거예요."

"업무를 수행할 수 있을 만큼? 그런데 언제 옵니까?"

"곧 그 건물에 들어설 테니 직원들이 눈치 채지 못하도록 은밀히 만나주면 좋겠군요."

"뭐라고요? 지금 들어선다고요?"

슈나이더 총재는 불쾌감을 숨기지 않았다. 조사요원이 건물에 들어설 즈음에야 자신에게 통보를 한다는 건 한마디로 세계은행 오스트리아 지부를 믿지 못함은 물론 총재인 자신조차 믿지 못한다는 얘기였다.

유럽이 지배적 지분을 갖고 있는 국제통화기금IMF과 달리 세계은행은 미국의 지분이 압도적이어서 워싱턴의 목소리에 따르지 않을 수는 없었지만, 어쨌거나 오늘 김용 총재의 전화는 지극히 못마땅한 것이었다.

"워싱턴에서 나한테 이렇게까지 할 걸로는 생각지 못했는데요."

슈나이더는 걷잡을 수 없는 분노에 책상 위에 놓인 던킨 도넛을 움켜쥐어 으스러뜨려버렸다. 세계 각국의 공적자금이 단기간 이자를 따먹으려 비엔나로 흘러들어오는 건 어제오늘의 일이 아니었다. 동유럽과 아프리카 각국의 국책은행들은 알게 모르게 세계은행이나 IMF의 지원금으로 돈 장난을 치고 있었고, 전혀 흔적이 남지 않는 비엔나는 그들이 가장 좋아하는 도시 중 하나였다.

그렇다 하더라도 노골적으로 자신까지 의심하는 워싱턴에 대한 분노가 슈나이더의 가슴 밑바닥에서부터 걷잡을 수 없이 치밀어올랐다.

"총재께 유감이 있는 건 아니오. 다만 비엔나라는 도시를 믿을 수 없을 뿐이오."

치미는 분노와 자괴감을 애써 누르며 슈나이더 총재는 전화를 끊은 다음 인터폰에 마뜩잖은 목소리를 밀어 넣었다.

"내려가 기다리다 미국에서 온 놈을 데려와."

워싱턴에서 날아온 조사요원은 의외로 밝고 젊은 사람이었다.

"김인철입니다. 잘 부탁드립니다."

슈나이더 총재는 조사요원이 젊은 사람이라는 데 놀랐고, 다음으로는 동양인이라는 데 다시 한 번 놀랐다. 온갖 나라의 사람들이 어울려 일하는 데 익숙한 세계은행임에도 불구하고 동양인이 조사요원으로 나타났다는 사실은 슈나이더 총재에게 낯설기 짝이 없었다.

조금 전 통화에서 느꼈던 분노를 채 누그러뜨리지 않은 채 슈나이더는 영어 대신 독일어로 거칠게 물었다.

"김용과 같은 성을 쓰는 걸로 보아 당신은 한국인인 모양이오."

"그렇습니다."

대답과 동시에 인철이 가방에서 서류를 꺼내 슈나이더에게 내밀자 슈나이더는 더욱 거센 분노에 휘말렸다. 조사요원들이 조사 및 보안 유지에 관한 각서를 들이미는 건 이해한 다손 치더라도 이 젊은 친구는 너무 빠른 것이었다. 지금 자신이 간신히 분노를 억누른 채 인사를 나누는 건 그나마 최소한의 예의를 지키려는 성의였다.

"이게 뭐요?"

"제 이력서입니다."

"이력서?"

활활 타는 눈길을 인철이 내민 서류에 옮긴 슈나이더 총재의 동공에 찬찬히 초점이 잡혔다. 거기에는 정말 워싱턴에서 도깨비처럼 나타난 조사요원의 경력과 심지어는 자기소개서까지 첨부되어 있었다.

"이건……."

"잠시나마 슈나이더 총재님 밑에서 일하게 되었기에 드리는 게 예의일 것 같아서요."

슈나이더는 놀라움에 찬 시선을 인철의 얼굴로 옮겼다. 김용 총재에게 느꼈던 불쾌감이 순식간에 씻은 듯 사라지는 것 같았다. 워싱턴에서 날아오는 조사요원이란 어딘지 음산한 눈초리에 무례하고 거만한 태도, 그리고 안하무인의 말투로 상대를 형사 피의자 대하듯 하기 마련이었지만 이 조사요원은 전혀 달랐다.

대개의 조사요원들이 잘 내놓지도 않는 명함 대신 두툼한 이력서를 내놓자 인철을 대하는 슈나이더 총재의 표정에 아연 화색이 돌았다. 그는 말투마저 바꾸었다.

"여행은 힘들지 않았소?"

"감사합니다. 편히 왔습니다."

급속히 선의를 머금은 슈나이더 총재의 눈길이 한 줄 한 줄 이력서를 따라 내려갔다.

대한민국 육사 출신. 2학년 때 최고의 생도 단 한 명에게만 주어지는 기회를 얻어 함부르크의 독일 육사에서 연수. 탄탄한 입지였지만 소대장 임지인 전방 부대에서 지뢰가 터져 부하 병사 두 명이 부상을 당하자 전역. 그 후 로스쿨에 진학하여 변호사 자격증을 취득한 다음 2년간 한국의 로펌에서 일하다 세계은행 법무팀에 입사. 이상이 이력서와 자기소개서에서 읽히는 조사요원의 경력이었다.

"음."

슈나이더는 이 젊은 직원이 어떻게 경력 20년 이상의 베테랑들에게나 주어지는 조사 업무를 갖고 파견되어 왔는지 이해가 되지 않았지만, 세계은행 지원금 유용에 관한 조사라는 임무를 띠고 왔으니만치 필시 잿빛 깐깐함과 집요함으로 비엔나 금융계를 뒤집어놓으려 들 것이었다.

그리고 지금의 이 놀라운 처세는 아마도 자신의 정체를 숨기기 위한 나름의 변장술일 것이라 생각하면서도 슈나이더 총재의 기분은 고조되었다. 흐흐. 이력서를 들고 온 조사요원이라니.

오스트리아 재무부 차관 출신인 슈나이더 총재는 노련하고도 노회한 사람이었다. 세계은행의 유럽 지부 중에서도 비엔나 지부는 그만의 독특한 위상을 차지하고 있었다. 그 이유는 비엔나가 오랫동안 동유럽의 관문 역할을 해왔다는 지리적·정치적 특성에 있지만, 정재계를 자유자재로 넘나드는 폭넓은 인맥을 가진 슈나이더의 개인적 역량 또한 크게 작용했음을 부인할 수 없었다.

슈나이더는 눈을 들어 인철의 얼굴을 찬찬히 살폈다. 짙은 눈썹과 깊은 눈매, 그리고 또렷한 눈초리는 만만치 않은 의지와 고집을 가진 것으로 느껴졌으나 선량한 심성이 전해져오는 느낌에 슈나이더 총재는 편한 말투로 물었다.

"그런데 독일어가 유창하군. 워싱턴에서 오는 사람들은 독일어를 거의 못하던데."

"과찬이십니다. 제가 청년 시절 독일에서 수학하고 그 후로 독일어에 매력을 느껴 지금까지 손에서 놓고 있지는 않습니다만 빈약할 뿐입니다."

"여하튼 잘 왔네. 그런데 내가 어떻게 도와주면 되겠나?"

"일단 저의 임무가 알려져선 안 될 것 같습니다. 그냥 워싱턴에서 업무 협의차 출장 온 평범한 직원으로 대해주십시오."

"알겠네."

"그리고 블랙마켓의 큰손을 한 사람 소개해주십시오."

"그런데 자네가 여기서 구체적으로 하려는 일이 뭔가? 김 총재 말로는 아프리카 몇 개국에 지원한 돈이 여기서 초단기 투기자본으로 쓰이고 있는 것 같다던데. 그걸 조사하려고 온 건가?"

"그렇습니다. 도이체방크의 극비 정보에 의하면, 아프리카 각국으로 들어간 세계은행의 지원금이 요즘 부쩍 여기 비엔나에서 돌아다닌다고 합니다."

"어떤 나라 중앙은행들에서 얼마가 들어오고 얼마를 튀겨 돌아가는지 파악하는 게 자네의 임무인가 보군."

"그렇습니다."

"페터 요한슨을 소개하겠네. 비엔나에서는 어떤 종류의 핫머니도 그를 통하지 않을 수 없다고들 하네."

핫머니란 투기 이익을 찾아 전 세계를 배회하는 돈을 말하지만, 특히 비엔나의 핫머니란 고율의 이자로 초단기간 융통

되는 돈을 가리키는 이름이었다. 국제지원금으로 돈놀이를 하는 각국의 중앙은행들은 집중되는 감시를 피해야 하기 때문에 짧은 시간에 고율의 이자로 돈을 굴리는 걸 좋아했다.

사실 슈나이더 총재가 초면의 인물에게 이렇게 친숙한 어투로 마음의 문을 여는 건 매우 이례적인 일이었다. 게르만 민족이란 몇 년을 만나도 만날 때마다 처음 보는 사람처럼 무뚝뚝한 말투에 멀뚱멀뚱한 표정을 짓기 일쑤이다.

하지만 이 젊은 사람 김인철은 형사나 검사 같았던 그간의 조사요원들과는 달리 거부감이 없었고, 상상조차 할 수 없었던 이력서까지 내놓아 적극 도와주고 싶은 기분이 들게 만드는 마력을 지니고 있었다. 인철은 일이 잘 풀린다고 생각했다. 사전조사를 할 때 반드시 만나야 할 중요한 사람으로 페터 요한슨을 점찍어두었던 터였다.

"자네 방은 내 비서가 안내해줄 거야. 나와 같은 21층을 쓰게. 직원들과 마주칠 일 없으니."

자신의 방 책상에 앉아 노트북을 세팅하고 워싱턴과 통화를 마친 인철은 요란하게 울리는 전화기를 집어 들며 미소를 머금었다. 짐작했던 대로 슈나이더 총재였다.

"요한슨과 오늘 저녁식사를 잡았네. 미국에서 온 외환 중개업자와의 선약을 취소하겠다는군."

"감사합니다, 총재님."

과연 슈나이더의 영향력은 듣던 바와 다름없었다. 그는 마음먹자마자 상대방과 즉각 약속을 잡아낸 것이었다.

인철은 노트북을 열어 요한슨의 인적 사항을 살폈다.

페터 요한슨. 45세. 괄목할 만한 환차익을 올려 핫머니 시장에서 이름을 날렸고, 지금은 비엔나의 떠오르는 투자회사 요트아베를 대표하는 스타 펀드매니저. 한마디로 지원금 유용과 자금세탁의 현황을 가장 잘 알 수밖에 없는 사람이었다.

2.
자살

슈타이어렉. 음식도 서비스도 나무랄 데 없는 이 멋진 식당의 한 구석 자리에서 슈나이더 총재는 환한 표정으로 요한슨을 맞았다.

"페터, 워싱턴에서 오신 분을 소개하겠네. 세계은행 지원금 유용을 조사하러 온 미스터 킴이야."

슈나이더 총재는 한 점 숨김없이 인철의 신원을 밝혔다. 이는 그가 그만치 요한슨과 친분이 두텁다는 얘기인 동시에 한편으로는 워싱턴과 비엔나 중 어느 한 편도 들지 않겠다는 의미이기도 했다. 인철은 처음에 다소 놀랐으나 이내 슈나이더 총재를 이해할 수 있었다. 요한슨이 전형적인 금융인과는 아예 다른 기질을 확연하게 드러냈기 때문이었다.

"미스터 킴, 내게는 숙부와도 같은 슈나이더 총재님이 소개한 분이니 당신은 나의 사촌이오. 뭐든 물으시오. 아는 건 다 대답해줄 테니."

그의 입에서는 금융계에서 일하는 사람의 언어가 아니라 무슨 폭력배나 청부업자의 수인사 같은 것이 튀어나왔다. 사실 비슷한 금융인처럼 보이지만 펀드매니저란 엄밀히 얘기하면 은행원과는 전혀 결이 다른 사람이다. 단순한 금융정보 제공과 투자 자문을 넘어 펀드매니저는 때때로 도박사처럼 인생의 한판 승부를 걸기도 하고, 심지어는 투자자와 범죄의 경계선을 같이 넘기도 하는 사람이다.

도박사의 기질이란 좋고 싫음이 비할 데 없이 뚜렷한 법. 과연 요한슨은 인철이 워싱턴에서 온 조사요원인 걸 번연히 알면서도 슈나이더가 소개했다는 이유 하나로 거리낌 없이 이야기를 이어나갔다.

"미스터 킴, 이 도시 비엔나는 세계 최고의 세탁소들을 갖고 있소."

"세탁소요?"

요한슨은 나이프로 얇게 저민 토스트에 캐비어를 촘촘히 바르며 웃었다.

"정말이오. 전 세계에서 비엔나보다 옷 세탁을 잘하는 도시 있으면 나와보라 해요."

"하하."

"왠지 아시오? 비엔나에는 100년 이상 이어지고 있는 전통의 댄스파티가 있소. 유럽의 귀족들과 부호들이 모이는 사교장이오."

"합스부르크 왕가 때부터 내려온 전통이라는 얘기를 들었던 것 같아요."

"맞소. 과거에는 철저히 신분을 따졌지만 지금은 누구나 참가할 수 있소. 그런데 그 파티의 하룻밤 입장료가 얼마인지 아시오?"

"글쎄요."

"구석의 가장 값싼 자리에 앉는 게 1인당 3만 유로요. 좋은 자리는 8만 유로를 호가하지. 흐흐, 누구에게나 열려 있지만 아무나 참가할 수 없는 파티요."

"그런 고가에도 사람들이 옵니까?"

"미어터지지. 일부러 나에게 티켓을 사달라는 사람들도 있어요. 나의 고객 중에는."

"왜요?"

"내가 소문을 내주니까."

"일종의 신분 과시군요."

"물론이오. 나는 때때로 8만 유로짜리 좌석을 거저 주기도 해요."

"8만 유로짜리를 거저 준다고요?"

"그 정도는 서비스해야 하지 않겠소? 나의 소중한 고객들에게."

"상상조차 할 수 없는 일이군요."

"그런데 내가 얘기하고자 하는 건 그 파티가 아니오. 사람들이 파티에 입고 오는 옷이지."

"물론 대단한 옷들이겠지요."

"파리에서 오든, 모나코에서 오든, 바르셀로나에서 오든, 사람들은 반드시 그 구겨지고 더럽혀진 옷들을 세탁해야 한다는 말이오. 비엔나는 수백 년 동안이나 그런 옷들을 세탁해왔소. 세계에서 가장 값비싼 옷들을 말이오. 그러니 저절로 세계 최고의 옷 세탁 도시가 될 수밖에. 그리고 그 옷 세탁의 전통이 돈세탁으로 이어진 거란 말이오."

"하하하!"

요한슨은 거침이 없었고 인철과 슈나이더도 웃음을 터뜨렸다.

"돈세탁의 도시 비엔나를 위한 변명이오."

"하하하."

요한슨도 두 사람을 따라 웃다 정색을 하고 말했다.

"돈세탁을 그렇게 나쁘게만 보지 마시오. 아프리카 중앙은행 입장에서 보면 얼마든지 변명할 수 있는 일이오. 생각해 보시오. 놈들이 여기 와서 엄청나게 돈 장난질을 치지만 어쨌든 중요한 건 그들이 돈을 벌어서 자기네 나라로 가져간다는 사실이오. 그건 잘하는 짓이오."

인철은 웃었다.

"장쾌한 논리군요."

"그들 나라에서는 은행에 처박아 둬봐야 맨 그 돈이 그 돈이오. 떼일 데는 많아도 돈 벌 데가 없다는 뜻이오. 1억 유로든 2억 유로든 일을 하지 않는 게으른 숫자일 뿐이오. 은행 금고나 모니터 상에서 낮잠이나 자고 있지. 그런데 여기 와서 하루 이틀만 돌려도 10만 달러는 껌값이오. 운만 맞으면 하루에 수백만 달러도 떨어지는데 그걸 안 하는 놈이 오히려 바보 아니오?"

"하지만 언제나 돈을 벌 수 있는 건 아니잖아요. 문제가 발생하면 그게 고스란히 국가와 국민의 피해로 돌아가는데 은행이 공적자금을 가지고 그런 짓을 하도록 내버려둘 수는 없지요."

"호호, 미스터 킴. 그러니 나 같은 사람이 필요한 거 아니오. 언제든 실패 없이 돈을 불려주는 마이스터가 말이오."

인철은 슈나이더 총재에게로 눈길을 향했다. 그는 정말로 핀셋처럼 정확하게 자신이 필요로 하는 사람을 만나게 해준 것이다.

"돈은 굴려줄 사람을 찾아 전 세계를 떠돌고 있소. 여기 오스트리아에서는, 아니 여기 비엔나에서는 다들 나를 찾아오지. 큰돈이든 작은 돈이든 말이오. 그러니 나는 모든 걸 알고 있소. 슈나이더 총재님이 소개했으니 나는 미스터 킴이 빈손으로 돌아가지 않게 충분한 정보를 줄 거요. 아프리카 놈들에게 경각심도 줄 겸. 당신 말대로 돈맛에 너무 깊이 빠지면 사고가 나는 법이니까."

"정보도 정보지만 증거가 필요합니다."

"물론이오. 당연히 증거도 줄 거요. 내일 세 시에 내 사무실로 오시오. 당신이 1년 동안 조사해도 스칠 수조차 없는 증거물들을 한 보따리 안겨줄 테니."

요한슨은 자신만만했다.

"요한슨 씨, 내게 정보를 주면 당신은 고객을 잃는 거 아닌가요?"

"푼돈 몇 푼 잃겠지만 가난한 나라 국민을 먼저 생각해야 하지 않겠소. 당신 말대로."

인철은 요한슨이 이렇게 적극적으로 정보를 주겠다고 나오는 이유는 둘 중 하나라 생각했다. 하나는 자신의 고객이 다른 거래처로 옮겨가 보복을 하고 싶어 하거나, 또 하나는 그가 이제는 이런 고객들을 피라미로 생각하거나. 인철은 후자의 경우라고 생각했다. 요한슨은 자신의 고객에게 8만 유로짜리 좌석을 거저 준다고 하지 않았던가.

"슈나이더 총재님, 얘기 끝났으니 잔을 부딪쳐야죠. 미스터 킴이 미국에서 온 분이라 오늘은 특별히 나파 와인을 준비하라 했어요. 인시그니아. 그 작열하는 캘리포니아의 햇살과 태평양 바람을 그득 담은 채 목젖을 두텁게 눌러오는 맛이 일품이잖아요."

세 사람은 쨍그랑 소리와 함께 잔을 마주쳤다.

다음 날 오후 세 시. 인철은 요한슨과 약속한 대로 그의 회사 요트아베의 현관에 들어섰다.

"어떻게 오셨어요?"

인형같이 또렷한 이목구비와 유리처럼 투명한 피부를 가진 금발의 젊은 안내 여성이 인철을 보자 미소를 던지며 물었다.

"요한슨 씨와 약속이 되어 있습니다."

"미스터 킴?"

"맞아요."

"기다리고 있었습니다. 제가 사무실까지 안내할게요."

"아니, 혼자 갈 수 있어요. 몇 호인지만 알려주세요."

금발은 한껏 고혹적인 표정을 지으며 대답했다.

"요한슨 씨 손님은 항상 사무실까지 에스코트합니다."

요한슨이라는 이름이 요트아베에서 갖고 있는 무게는 대단해 보였다. 금발은 마치 오래된 여자친구처럼 다정하게 인철의 곁에서 걸으며 엘리베이터로 이끌었다.

"손님을 친구처럼 대하는 게 우리 회사의 모토예요."

"요한슨 씨의 손님은 모두 VIP인가요?"

"호호, 그 이상이죠. 모두 VVIP예요."

"그분이 이 회사를 끌어가는 모양이죠?"

"사실 기관차라 할 수 있어요. 그리고 돈도 돈이지만 그분은 분위기를 끌어가셔요. 언제나 쾌활하고 자신감 있고 늠름하시죠."

엘리베이터는 최상층인 18층에 멎었다. 금발은 머리를 한 번 매만지고 화사하게 웃으며 인철 앞에서 요한슨의 방문을 두드린 다음 문고리를 부드럽게 돌렸다. 그러나 문은 안에서 잠겨 있었고, 금발이 여러 번 노크를 해도 아무런 반응이 없었다.

"어머, 웬일이실까?"

금발은 재미있다는 듯 웃었지만 인철은 어딘지 이상한 느낌이 들었다. 큰돈을 다루는 사람들의 공통된 특징은 약속시간을 정확히 지키는 것인데, 그처럼 당당하게 약속을 잡은 요한슨이 문을 안에서 잠글 리는 없었다.

"혹시 다른 방문객이 있을까요?"

"아닙니다. 오늘 점심식사 나갔다 두 시쯤 돌아오신 후로 지금까지 방문객은 한 분도 없었어요."

"근데 왜 이렇게 문을 잠가두었을까요? 혹시 낮잠이라도 자는 건가요?"

금발이 이번에는 문을 세게 두드렸지만 여전히 안에서는 아무 반응이 없었다.

"정말 이상한데요."

금발이 휴대폰을 꺼내 요한슨의 번호를 눌렀으나 신호가 오래 울리도록 요한슨은 전화를 받지 않았다. 금발에게 불려 온 경비원이 예비 열쇠로 문을 열려 했으나 보조 자물쇠까지 잠겨 있어 소용없었다. 몇 번이나 세차게 문을 두드리던 경비원은 결국 연장을 가지고 와 강제로 문을 땄다.

"아악!"

요한슨의 사무실에 들어선 금발과 경비원은 동시에 경악에 찬 비명을 내질렀다. 요한슨은 혀를 길게 빼어 문 채 빙빙 돌아가고 있는 천장의 선풍기 지지대에 목을 매고 죽어 있었다.

　"아악, 아아악!"

　금발은 정신을 차리지 못한 채 계속 비명을 질러댔고 경비원 역시 마찬가지였다. 복도 여기저기서 문이 열리는 소리와 함께 다다닥 구둣발 소리가 들렸다. 인철은 놀란 와중에도 재빨리 시선을 옮기며 요한슨의 휴대폰을 찾았다. 소파 앞 탁자 한 귀퉁이에 놓여 있는 휴대폰을 발견하자 인철은 얼른 최근 통화자들을 확인했다.

　찰칵!

　인철이 자신의 휴대폰으로 최근 통화 기록을 찍자마자 사람들이 몰려들었다. 인철은 아무 일 없었다는 듯 요한슨의 휴대폰을 제자리에 두고는 요한슨의 책상 위에 놓인 모니터를 들여다보았다. 세 대의 모니터는 모두 미국 셰일 석유회사의 주가 변동을 나타내고 있었다.

　간부로 보이는 직원 한 사람이 인철이 모니터를 살피는 걸 못마땅한 표정으로 지켜보다 뚜벅뚜벅 다가와 컴퓨터를 꺼버리자 인철은 머쓱한 웃음을 지으며 자리를 옮겼다.

3.
케이맨 제도에서 걸려온 전화

요한슨이 호기롭게 핫머니 정보를 제공하겠다고 한 게 자살의 이유가 되었을 것 같지는 않았지만 어찌 되었든 자신의 업무 영역 안으로 들어온 후 요한슨이 자살했기 때문에 인철은 그의 죽음에 지대한 관심을 가지지 않을 수 없었다.

"확실한 사망입니다."

누군가 나서서 그의 심장을 짚어 박동이 완전히 멈춘 걸 확인하고는 웅성거리는 많은 직원들을 향해 고개를 가로저었다.

"자살인가?"

직원들이 금발을 향해 고개를 돌리자 금발은 하얗게 질린 얼굴로 대답했다.

"문이 안으로 잠겨 있었고, 우리는 밖에서 문을 뜯고 들어왔어요. 안에는 요한슨 씨 외에는 아무도 없었어요."

"도대체 왜?"

직원들은 너 나 할 것 없이 요한슨의 죽음을 이해하지 못해 서로의 얼굴을 마주 보았지만 누구도 선뜻 대답을 하는 사람이 없었다. 인철 역시 의아스럽기 짝이 없었지만 자살의 이유를 짐작할 수 없기는 매한가지였다. 하지만 그 와중에 휴대폰의 최근 통화 화면을 촬영해둔 건 큰 도움이 될 터였다.

요한슨이 점심식사를 하고 나서 평소와 다름없이 쾌활하게 들어와 혼자 사무실에 있다가 문을 걸어 잠근 채 자살했다는 건 틀림없이 누군가와 통화를 했고, 그 결과로 자살을 택한 것이라 볼 수밖에 없었기 때문에 그의 죽음의 열쇠는 휴대폰에 있을 가능성이 매우 컸다.

세계은행 21층의 사무실로 돌아온 인철은 자신의 휴대폰에 저장된 요한슨의 최근 통화 상대에 눈길을 모은 채 두 손으로 턱을 괴고 추리해보았다. 요한슨이 점심을 마치고 돌아온 시각이 두 시였으니 자신이 찾아간 세 시 이전의 약 한 시간 사이에 통화했던 상대가 요한슨에게 자살의 원인을 제공했을 것이었다.

용의점이 있는 번호는 쉽게 찾아졌다. 자살 직전 요한슨은 스스로 전화를 걸지는 않았고 걸려온 전화만 세 통이 있었는데, 그중 한 통은 받았고 두 통은 받지 않았다. 장시간 통화가 이루어진 첫 번째 전화는 기다란 번호가 이어진 국제전화였다. 그리고 국제전화 후에 걸려온 받지 않은 두 통의 전화 발신자가 '허니'와 '프린세스'라는 애칭으로 저장된 걸로 보아 아내와 딸로 보였다. 인철은 '허니'의 번호를 눌렀다.

"요한슨 부인이시죠?"

"누구세요?"

극도로 히스테리컬한 목소리. 아내는 남편의 자살 소식을 알고 있었다.

"먼저 위로의 말씀을 드립니다. 저는 오늘 요한슨 씨와 사무실에서 만나기로 했던 사람으로 요한슨 씨가 자살한 이유를 찾고 있습니다."

"……."

요한슨 부인의 긴장감과 경계심이 전화기 저편에서 전해지는 걸 느끼면서 인철은 말을 이어나갔다.

"어제 요한슨 씨를 만났을 때 몹시 쾌활했고, 오늘 점심까지도 여느 때와 전혀 다름없었습니다. 점심식사 후 그는 아무도 만나지 않았고 밖에 나가지도 않았으니 누군가의 전화를 받은 후 자살에 이르렀을 걸로 추정됩니다."

"……."

"회사에서는 그의 죽음을 덮으려고 할 겁니다. 금융회사들은 거의 그렇게 하니까요. 아마도 이 일을 밝히려 드는 사람은 저뿐이지 않을까 싶습니다. 부인께서는 저를 믿어주시면 좋겠습니다."

"믿을게요. 회사에 불리한 말을 하는 분은 당신뿐이니까요."

"고맙습니다. 아까 남편에게 왜 전화를 하셨는지 얘기해주실 수 있을까요?"

"아이가 여기 잘츠부르크에서 열린 작은 음악 콩쿠르에서 입상했거든요. 그래서 저도 아이도 남편에게 전화를 걸었는데 받지 않았어요."

"음, 자살 직전 걸려온 가족의 전화를 받지 않았다니 그건 매우 이상한 일이군요. 혹시 오늘 다투거나 하셨나요?"

"그런 일은 전혀 없어요. 전화를 안 받기에 그냥 바쁜가 보다 하고 끊었어요. 그때 이미 사망했나요?"

"아직 확실하지 않습니다. 하지만 요한슨 씨는 부인이 전화하시기 전에 누군가와 긴 통화를 했습니다."

"그게 누구예요?"

"국제전화입니다. 하지만 누군지는 아직 확인하지 못했어요. 혹시 국제전화를 걸어올 사람이 있습니까?"

"아니요."

"평소에 남편이 일과 관련된 얘기를 하지는 않았나요?"

"네. 남편은 일에 대해서는 일언반구도 하는 성격이 아니에요."

"그러면 부인은 남편이 누구를 만나는지, 어떤 일을 하는지 전혀 모르고 계셨습니까?"

"네. 그이는 가족에게 모든 걸 모자람 없이 해주기만 했지, 걱정거리는 하나도 전하는 사람이 아니었어요. 그런데 남편이 투자자에게 큰 손실을 입혔나요?"

"현재로서는 드러난 게 아무것도 없습니다만 회사 분위기로 봐선 그런 것 같지는 않습니다. 뭔가 좀 더 알게 되면 다시 연락드리겠습니다."

전화를 끊고 난 인철의 표정은 짙은 의문으로 물들었다. 요한슨은 먼저 걸려온 한 통의 국제전화를 받은 후 가족이 걸어온 두 통의 전화는 받지 않은 채 자살을 결행한 것이었다.

가족으로부터 전화가 걸려오기 전 이미 자살을 결행했는

지, 아니면 살아 있는 상태에서 가족의 전화를 일부러 받지 않았는지는 알 수 없지만, 요한슨의 죽음에는 너무나 특이하게도 가족이 빠져 있었다.

아무리 생각해도 이것은 이상한 일이었다. 그에게는 충분한 시간이 있었고, 자살을 염두에 둔 사람이라면 누구든 가장 먼저 생각하는 게 가족일 수밖에 없었다. 물론 죽는 바로 그 순간까지도 가족을 증오하는 매우 특별한 사람들이 있긴 하지만, 인철은 자신이 만나본 요한슨은 보통 사람의 전형이라 생각했다. 아니, 오히려 누구보다 먼저 가족에게 연락을 하거나 작별 인사를 할 사람이었지만 그의 계획에는 분명히 가족이 빠져 있었고 이것은 고의적이었다.

인철은 세 가지 의문점을 정리해보았다.

첫째, 절대 자살할 이유가 없는 가장 성공적인 펀드매니저가 자살했다.

둘째, 최후의 순간 누구나 생각하는 가족이 그의 자살에는 빠져 있다.

셋째, 그는 단 한 통의 전화를 받고서 자살했다.

이 중 처음의 두 가지 의문은 속사정이 따로 있을 수 있지만 요한슨에게 걸려온 한 통의 국제전화가 그를 자살하게 만들었다는 사실 하나만은 확실했다. 인철은 도대체 어떤 내용의 전화가 사람을 자살에 이르게 할 수 있는지 강렬한 의구심이 들어 자신의 추론을 다시 더듬어보았으나 아무리 생각해도 그 국제전화가 자살의 동기였음은 흔들릴 수 없는 사실이었다. 인철은 요한슨에게 걸려온 국제전화의 국가번호를 찾아보았다.

1345. 케이맨 제도였다.

"흠."

비엔나와 마찬가지로 케이맨 제도 또한 돈세탁과 조세 회피, 거대한 핫머니의 도가니였다. 비엔나가 유럽 및 아프리카의 자금들이 움직이는 곳이라면, 케이맨은 미국과 아시아를 포함하는 세상의 모든 거대한 검은 자금이 출몰하는 곳으로 그야말로 페이퍼 컴퍼니의 메카였다.

비록 자신이 푼돈 몇 푼 잃더라도 아프리카 지원금에 대한 유용한 정보를 주겠다고 했던 요한슨의 말은 이제 자신은 그런 잔챙이에는 관심도 없다는 말이나 다름없었다. 그렇다면 그는 핫머니가 아닌 엄청난 규모의 자금을 굴리고 있었음이 틀림없었고, 큰돈은 언제나 문제를 일으키기 마련이었다.

범법과 불법의 온상 케이맨 제도에서 국제전화가 걸려왔

다는 사실은 그가 문제의 중심에 있음을 웅변하는 것이었다.

인철은 케이맨 제도에서 걸려온 전화번호를 분산 저장한 뒤 같은 층 슈나이더 총재의 방으로 건너갔다.

4.
알 수 없는 동기

슈나이더 총재는 이미 요한슨의 자살에 대해서 보고를 받고 있었던 터라 인철이 나타나자 기다렸다는 듯이 물어왔다.

"자네가 가기 전이었나?"

"제가 도착하기 직전인 것 같습니다. 경비원과 같이 문을 따고 들어갔으니까요."

슈나이더 총재는 전연 뜻밖의 상황에 위스키 병을 책상 위에 꺼내놓고 있었다.

"그런데 도대체 왜 자살을 했지?"

"아마 그가 다루던 자금과 연관된 게 아닌가 생각됩니다. 요한슨이 최근 아무도 모르는 새로운 대형 거래에 실패한 일은 없다고 합니까?"

"나도 그런 생각이 들어 알아보았는데 전혀 그런 사실이 없다더군."

"요트아베 측과 접촉하셨습니까?"

"물론이네. 요트아베 회장은 오랜 친분이 있는 사람이야. 그는 오늘 오후까지도 요한슨이 수익을 냈다고 하더군."

"요한슨이 투자자와 상의 없이 자금에 손을 댄 적도 없고요?"

"원금은 물론 그간의 누적된 수익금까지 모두 투자자의 지시대로 움직였어. 그의 자살 후 모든 항목을 일일이 확인했지만 요한슨이 개인적으로 횡령하거나 유용한 건 단 1유로도 없다는 거야. 그건 나도 보증할 수 있어. 요한슨이 사람은 호쾌하지만 자기 자신에게 매우 철저해서 남의 돈을 횡령하거나 할 사람은 절대 아니야."

"저도 좀 생각해봤지만 상식적으로는 이해하기 힘든 사건입니다."

"유서도 남기지 않았다는군."

슈나이더 총재는 이해할 수 없다는 듯 고개를 옆으로 가로저었으나 반대로 인철은 고개를 끄덕였다.

"왜 고개를 끄덕이지? 마치 유서가 없을 걸 예상했다는 듯이."

"없을 걸로 생각했습니다. 그의 자살에 가족이 빠져 있기 때문입니다. 보통 사람이라면 받을 수밖에 없는 아내와 딸의 전화를 그는 아예 받지 않았어요."

"도대체 왜 그랬을까? 가족에게 자신의 자살을 숨겨야 할 이유라도 있는 건가?"

"좀 더 생각해볼 일입니다. 그런데 요트아베 회장에게 하나 확인해주실 수 있는지요?"

"뭐지?"

"요트아베의 서버를 보면 요한슨의 컴퓨터가 마지막으로 인터넷에 접속한 시각이 나올 겁니다. 그걸 좀 확인해주십시오."

"그게 무슨 의미가 있나?"

"그냥 궁금해서……."

슈나이더는 바로 전화기를 들어 요트아베 회장과 통화하며 메모지에 뭔가를 적어서는 인철에게 내밀었다.

"여기 있네. 14시 41분에 인터넷에 접속했군."

인철은 슈나이더 총재가 내민 메모지 위에 요한슨의 죽기 직전 행동을 시간순으로 정리했다.

14시 13분 국제전화 받음.

14시 27분 부인 전화 안 받음.

14시 28분 딸 전화 안 받음.

14시 41분 인터넷 접속.

15시 이전 자살.

분명 부인과 딸의 전화가 걸려왔을 때 그는 살아 있었고, 따라서 전화를 받았어야만 했다. 하지만 그는 가족에게 유서도 남기지 않았고 걸려온 전화도 받지 않았다. 이것은 무엇을 말하는가.

"흐음."

인철은 손등으로 입가를 문질렀다. 뭔가 떠오를 때 인철이 보이는 버릇이었다.

펀드매니저의 자살이란 거의 예외 없이 둘 중 하나였다. 하나는 고객에게 회복하지 못할 손해를 끼쳤거나, 또 하나는 고객의 돈을 유용하거나 횡령한 사실이 드러났을 경우에 발생한다. 하지만 요한슨은 고객에게 손해는커녕 정반대로 거대한 수익을 안겼고, 또한 원금이든 수익금이든 개인적으로 건드린 돈은 전혀 없었다.

그런 관점에서 분명 이 죽음은 난해했지만, 요한슨이 가족에게 유서를 쓰지 않았고 죽음 직전 걸려온 부인과 딸의 전화도 받지 않았다는 사실에서 하나의 일관된 뜻을 읽을 수 있었다.

"분명한 자살이겠지?"

요한슨의 자살은 요지부동의 사실이지만 슈나이더 총재가 동의를 구하는 건 도저히 이해하기 힘든 상황 때문일 것이었다.

"의심할 여지 없는 자살입니다. 어떤 사람도 그 사무실에 들어간 적이 없었고, 문은 안에서 잠겨 있었습니다."

"그런데 자네 방금 인터넷 접속은 왜 확인했나? 그게 무슨 의미가 있는 건가?"

"그냥, 언제 자살을 결행했는지 궁금했을 뿐입니다."

"아니, 그게 아니야. 자네에게는 뭔가가 있어. 숨기고 있다 뿐이지."

"아직 완벽한 추리가 되지 않지만 퍼즐이 완전히 맞춰지면 말씀드리겠습니다."

"그래주면 고맙겠네. 허허, 그것 참. 어제까지 그렇게 생생하던 사람이 오늘 갑자기 자살이라니. 아니, 점심때까지 그렇게 쾌활했던 사람이 오후에 자살이라니. 그렇게 아무것도 남기지 않고 사람이 순식간에 가버릴 수 있는 건가?"

"안타까운 일입니다."

"그나저나 자네에게 자금 유용에 관한 정보를 줄 사람은 다시 찾아야 하겠군."

"감사합니다."

경찰은 요한슨의 죽음을 자살로 결론지었고, 이에 따라 장례 절차가 진행되었다. 동기야 어쨌든 본인이 문을 걸어 잠그고 자신의 손으로 목을 맨 사건을 경찰이 자살로 규정하지 않을 수 없는 일이었다. 하지만 인철은 내심 이것이 장거리 전화를 살해 도구로 사용한 살인 사건이라 규정지었다.

전화를 걸어 자살하지 않을 수 없도록 내몰았다면 법적으로는 어떻게 할 수 없다 하더라도 사실상의 살인 사건이고, 자신만이 이 사건의 진실을 파헤칠 수 있다고 스스로를 부추겼다. 또한 그 전화가 조세피난처인 케이맨 제도에서 걸려온 만큼 이 사건은 거대한 규모의 돈세탁과 관련이 있을 것이므로 자신이 업무상 해야 할 일이라 규정했다. 그러지 않고는 자신이 스스로 이 일을 파헤쳐나갈 동기를 찾기가 힘들었기 때문이었다.

인철은 이따금씩 휴대폰과 수첩에 기록한 국제전화 번호를 꺼냈다가는 다시 집어넣곤 했다. 분명 자살의 동기가 된 번호라 전화를 걸어보고 싶은 생각은 굴뚝같았지만 그런 만치 신중한 접근이 필요했다. 상대와 자연스럽게 대화를 이끌어나갈 정도의 정보가 없는 상태에서는 상대에게 오히려 경각심만 줄 뿐이다.

설혹 자신이 경찰이나 요트아베에 요한슨의 자살을 파헤쳐야 한다는 점을 주지시킨다 하더라도 오히려 경찰이나 회사의 섣부른 접근으로 일을 망칠 가능성이 컸다. 전화 한 통으로 사람을 자살시키는 상대의 힘은 휴대폰 수사 정도로는 접근조차 할 수 없는 거대한 것일 터였다.

슈나이더 총재는 신속히 또 한 사람의 금융인을 인철에게 소개했다. 그는 요한슨만큼 적극적이진 않았지만 비엔나에 은밀히 모여드는 세계은행 지원금의 돈세탁과 돈놀이에 대한 정보를 제공해 인철에게는 어느 정도 소득이 되었다.

하지만 이미 인철의 관심은 요한슨 사건에 쏠려 있었고, 수수께끼투성이의 이 사건을 이해하는 데 온 신경을 집중했다. 그간의 어떠한 펀드 관련 범죄나 자살의 패턴에도 들어맞지 않는 이 사건은 인철의 호기심을 뿌리부터 자극했다.

기실 인철이 젊은 나이에도 세계은행의 핵심 조사요원이 된 건 이해할 수 없는 각종 금융범죄에 대한 탁월한 해결 능력이 있었기 때문이었고, 인철은 자존심 때문에라도 자신이 맞닥뜨린 이 해괴한 사건을 그냥 지나칠 수가 없었다.

5.
산을 흔드는 수폭

미국 제25 공군 국가항공우주정보센터.

함경북도 길주군 풍계리 일대를 찍은 위성사진을 정밀 판독하던 정보관 니콜슨 소령은 갱도 입구의 흙 색깔이 주변에 비해 미세하나마 약간 짙은 걸 보고는 잠시 망설였다. 너무나 희미해 별 의미 없다 판단하곤 그냥 지나쳤던 니콜슨은 어딘지 마음이 편치 않아 다시 눈길을 돌렸다. 몹시 희미하지만 느낄 수 있을 듯 없을 듯 흙 색깔에 차이가 있는 것 같아 니콜슨은 과거의 사진들을 모니터에 띄웠다.

"이봐, 이 흙 색깔 좀 봐."

니콜슨의 지시에 따라 사진을 한참이나 들여다보던 부하는 고개를 끄덕이며 동의했다.

"미세한 차이지만 달라 보이는 것 같습니다."

니콜슨은 위성사진 판독실 내 모든 직원들의 주의를 환기시켰다.

"갱도 주변의 흙 색깔이 달라 보인다. 땅을 파내고 있는 것으로 보이니 즉각 첩보위성들을 추가 투입하고 GPS 위성으로 새로 쌓인 흙 두께를 측정하라!"

일상의 느슨함과 편안함에 젖어 있던 판독실이 아연 활기를 띠기 시작했다. 그로부터 여덟 시간 후, 니콜슨 소령은 보고서를 들고 25 공군사령관 앞에 마주 앉았다.

"갱도에서 상상할 수 없을 정도의 흙이 나오고 있습니다. 예전 실험 때보다 최소 열 배 이상 늘었습니다. 놈들은 흙을 넓게 깔아 위장하고 있습니다만 갱도 바로 앞은 얇으나마 군데군데 쌓여 있습니다. 서두르고 있다는 얘깁니다."

사령관은 니콜슨이 가져온 수십 장의 사진을 하나하나 세심하게 들여다보았다.

"파낸 흙이 이 정도 양이면 갱도 깊이는?"

"3미터 지름으로 판다고 봤을 때 600미터는 확실히 넘고 거의 1천 미터 언저리일 겁니다."

사령관은 놀랍다는 듯 고개를 가로저었다.

"1천 미터라고? 저놈들이 뭘 하려고 그리 깊이 파는 거야?

그렇다면 파괴력은 어느 정도인가?"

"다이너마이트 6만에서 8만 톤 사이입니다. 지난번 5차 핵실험이 1만 톤이었으니 무서운 속도로 달리는 겁니다."

"허, 8만 톤이라? 8만 톤짜리 지하 핵실험이면 거의 수소 폭탄 영역에 드는 거 아닌가?"

"수소폭탄 계열로 볼 수도 있습니다."

사령관은 계속 좌우로 고개를 가로저으며 국방장관실로 연결된 빨간색 비상전화기를 들었다.

풍계리 핵실험장.

육중한 컨테이너 트럭이 너비 1.6미터, 길이 20미터가량 의 공중전화 박스처럼 생긴 특수 제작 용기를 싣고 갱도 입 구에 도착하면서 현장에는 아연 긴장감이 흘렀다. 트럭이 노 란 페인트로 금을 그어놓은 위치에 정확히 멈추자 기중기가 다가와 조심스럽게 용기를 들어 올려 뻥 뚫린 수직 갱도 위 에 거대한 삼각 다리를 벌리고 있는 도르래 앞에 들이댔다.

동시에 숙련된 작업자들은 로프를 걸고 허공에 매달린 용 기에 핵폭발 순간을 담을 카메라와 방사능 측정 장치 등 각 종 기기를 부착한 후 관측소와 이어진 광케이블에 모든 기기 를 연결시켰다.

"투입 개시!"

갖가지 장치가 제대로 연결되고 수평이 정확히 잡힌 걸 확인한 총지령관의 지시에 따라 네모난 박스는 로프에 매달려 콘크리트로 둘러쳐진 직경 3미터의 수직 갱도를 서서히 내려가기 시작했고, 거대한 타래에 감겨 있던 굵은 동아줄은 끝도 없이 풀려나갔다. 얼마나 시간이 지났을까. 마침내 팽팽하던 로프가 장력을 잃자 총지령관의 감격에 젖은 목소리가 울려 퍼졌다.

"안착 확인!"

이어서 관측소로부터 핵폭탄 및 카메라 등 장비와 이어진 광케이블의 이상 없음 통보를 받은 총지령관의 목소리가 미세하게 떨려나왔다. 이제 수직 갱도를 메우기만 하면 짧았지만 격렬했던 그간의 노고가 다 끝나는 것이었다. 사실 현장의 모든 작업자들을 고통스럽게 한 건 작업의 강도가 아니라 불안감이었다.

언제 미군 폭격기가 나타날지 몰랐고, 미군 폭격기의 출현은 저승길임을 잘 아는 작업자들은 하루하루 죽음의 공포 속에서 일을 해야 했다. 그런 탓에 마침내 수소폭탄 컨테이너를 실은 트럭이 나타난 건 현장의 작업자들에게 그 모든 공포로부터의 해방을 뜻했다.

"매립 개시!"

총지령관의 벅찬 목소리가 터져 나오자 굵은 파이프를 통해 콘크리트가 타설되고, 동시에 포클레인이 입을 쩍 벌린 수직 갱도의 구멍에 석고와 암석 덩어리들을 퍼붓기 시작했다. 한참 시간이 흐르고 나자 드디어 철제 격벽으로 둘러싸인 수직갱은 꽉 메워진 채 입구가 밀폐되었다. 총지령관은 작업 종료를 선언한 후 모든 작업자 및 관계자들과 함께 현장을 빠져나왔다.

관측소에서는 북한 핵개발 총책임자 리홍섭이 긴장된 표정으로 눈앞의 모니터에 시선을 모으고 있었다. 이윽고 모니터에 나타난 김정은을 향해 그는 깊숙이 허리를 구부렸다.

"리 동지, 준비 상황은 어떠하외까?"

"경애하는 지도자 동지, 모든 것이 차질 없이 진행되었고, 현재 수소폭탄을 수직갱 밑바닥에 안착시킨 채 갱도를 완전히 밀폐했습네다."

"다음 단계는 어떻게 되외까?"

"지도자 동지께서 명령을 내리시면 기폭장치를 누르는 일만 남았습네다."

"그런데 리 소장."

"네, 지도자 동지."

"정말 자신 있소?"

리홍섭은 심장이 격렬하게 요동치는 걸 느끼며 떨리는 목소리로 대답했다.

"지도자 동지, 걱정 마시라요. 이제 공화국의 핵기술은 세계 정상과 거의 차이가 없는 경지에 도달했습네다. 이 실험은 100퍼센트 성공합네다. 우리는 이제 미 제국주의자들과 남조선 반혁명 분자들을 지구상에서 싹 쓸어버릴 역량을 갖추었습네다. 만약 이번 실험이 실패하면 저는 그 자리서 죽고 말갔습네다."

모니터 안의 김정은은 이를 드러내고 웃었다.

"좋수다. 하지만 리 동무래 그런 말 말라요. 실패하면 다시 연구해서 하면 되지 죽긴 와 죽소? 미사일 개발도 숱한 실패 끝에 결국 100퍼센트 성공률을 얻지 않았소? 리 동무래 죽으면 나도 따라 죽갔소."

김정은은 가끔 이런 화법을 구사했는데 이것은 그의 아버지 김정일이 죽기 전 그에게 가르친, 부하를 조종하는 기술 중 하나였다. 과연 김정은의 이 말은 리홍섭을 크게 감동시켰다.

"지도자 동지, 이번 수소폭탄 실험 기필코 성공시키갔습네다."

"내 잘 지켜볼 테니 수고하시라요. 양키 놈들, 상상치도 못한 수소폭탄 앞에서 어떤 표정을 짓는지 보게 해주시라요."

"여부가 있습네까? 반드시, 반드시 성공시키갔습네다."

"그럼 시작하라우!"

최후의 지시를 내리는 김정은의 목소리는 평소와 다른 결기가 배어 있었다. 이 한 방만 성공하면 수십 년의 노력에 정점을 찍는다는 기대와 흥분이 노골적으로 드러나 있는 것이었다.

"지도자 동지래 아무리 저를 위로하셔도 실패하면 죽고 말갔습네다!"

비장한 목소리를 토해내며 전화를 끊고 난 리홍섭은 감개무량한 표정으로 카메라가 비추고 있는 낙화생처럼 생긴 폭탄을 한참이나 바라보았다. 중수소를 더 많이 넣었어야 하는 게 아니었나 하는 때늦은 후회가 뒤따랐으나 그는 이내 고개를 가로저었다. 일단 성공하는 게 무엇보다 중요했고, 그런 점에서는 적당량을 넣었다는 결론을 애써 내리며 그는 김정은이 사라진 모니터로 다시 눈길을 돌렸다.

이 폭탄의 성공과 실패가 바로 자신의 인생과 직결된다는 무거운 압박감이 오히려 그를 무심하게 만들었는지 그는 명한 눈길로 꺼져버린 모니터를 한참 바라보다 이윽고 이를 악

물고는 손가락을 스위치에 천천히 올렸다.

"동무, 카운트다운 하시오!"

"넷, 소장 동지."

그의 지시가 떨어지자 하얀 가운을 입은 채 옆에서 대기하고 있던 연구원들 중 하나가 떨리는 목소리를 간신히 밀어냈다.

"열!"

그의 목소리에 관측소 안에 있는 모든 사람들의 얼굴이 일제히 굳어졌다. 그들의 눈길이 대형 모니터에 떠 있는 허리가 잘록한 낙화생 모양의 폭탄을 향했다. 그 눈길은 다시 버튼을 덮고 있는 리홍섭의 미세하게 떨리는 손가락으로 옮겨갔다.

"아홉, 여덟! 일곱, 여섯, 다섯, 넷, 셋, 둘, 하나!"

삽시간에 깊은 정적만이 흐르는 침묵의 공간이 되어버린 관측소 안에서 울려 퍼지던 그의 목소리는 마지막 순간 잠시 멈칫하는 듯하더니 이윽고 새된 소리와 함께 끝이 갈라지며 마지막 한 마디를 토해냈다.

"발사!"

순간 버튼을 덮고 있던 리홍섭의 손등에 시퍼렇게 돋아 있던 푸른 정맥 줄기가 꿈틀하더니 손가락에 힘이 가해졌다.

쿠우우웅!

지하 1천 미터 가까이 묻어둔 폭탄이지만 꽝 하며 터지던 기존의 핵폭탄하고는 달리 깊고 무거운 충격이 땅속 깊숙한 곳에서부터 묵직하게 밀고 올라왔다.

"우와!"

관측소 안에 있던 모든 사람의 입에서 동시에 함성이 터져 나왔다.

"김정은 지도자 만세!"

"공화국 만세!"

이와 동시에 사람들은 서로가 서로를 끌어안은 채 괴성을 질러대며 미치광이처럼 종잡을 수 없는 동작들을 허공에 흩뿌려댔다.

"모니터!"

연구원, 군관 할 것 없이 미쳐 날뛰던 사람들은 누군가 외치고 나서야 모니터에 신경이 돌아갔다. 모니터는 비록 수백만 분의 1초지만 정확하게 폭발 장면을 담아낸 채 정지해 있었다. 순간적으로 모든 것이 녹아버리는 상황에서 조금 전까지 거뭇하게 폭탄을 비추고 있던 카메라가 담아낸 폭발의 순간은 그저 색깔뿐이었다. 하얀 색깔.

"소장님, 이 산 좀 보기요!"

연구원의 놀란 목소리에 일동의 눈길이 쏜살같이 날아간 또 하나의 모니터에서는 저 먼 곳의 거대한 산이 몇 번이나 크게 들렸다 내려앉았다.

"아아!"

놀라운 광경이었다. 지하 1천 미터 가까운 갱도 밑바닥에서 터진 폭탄은 아무도 짐작할 수 없었던 가공할 위력을 내뿜으며 천지를 뒤흔들어대고 있었던 것이다.

"이거 보시라요, 만탑산이 춤추지 않습네까!"

사람들은 서로의 얼굴을 마주 바라보았다. 뭐라 말할 수 없는 감동이 관측소 안 모든 사람의 가슴 깊숙한 곳으로부터 밀려올라와 전율에 몸을 떨게 했다.

"아아, 설마 이 정도일 줄이야!"

마치 잘려진 케이크 조각처럼 장중함을 잃은 채 들썩거리며 춤을 추는 만탑산의 거대한 산봉우리 앞에서 모두는 망연자실한 채 말을 잃고 어깨조차 축 늘어뜨리고 있었다.

쿠쿠쿠쿵!

바닥이 흔들리며 여진이 몇 차례나 이어지는 동안에도 누구 한 사람 한 조각 말도 꺼내지 못한 채 이 영원의 순간을 느끼고만 있을 때 날카로운 전화벨 소리가 허공을 갈랐다.

"소장님, 연길입네다. 전화 받아보시라요."

제정신이 돌아온 리홍섭은 급히 수화기를 받아 귀에 갖다 댔다.

"소장 동지, 연길에 나와 있는 탐지반입네다."

리홍섭은 풍계리를 중심으로 하여 사방 수백 킬로미터 지점에 탐지반원을 내보내 폭탄의 위력을 측정하게 했는데 연길에도 사람이 나가 있었다.

"무슨 일이가?"

"여기 연길은 큰일 났습네다. 사람들이 모두 건물 밖으로 뛰쳐나오고 난립네다. 모두들 백두산이 터진 줄 알고 있습네다."

"오오, 연길까지!"

리홍섭은 스스로도 전혀 예상하지 못했던 수소폭탄의 위력에 수화기를 귀에 붙인 채 망연자실한 표정을 지었다. 대단할 걸로 예상은 했지만 이 정도일 줄은 상상하지 못했던 터였다. 언제 미군 폭격기가 나타날지 몰라 파낸 흙을 숨겨가며 노심초사하던 일이며, 혹시 있을지도 모를 미국의 암살 기도를 피해 아예 자취를 감추었던 지도자 동지의 고난이 바로 이 순간의 폭발 한 방으로 보상을 받고 있다고 생각하니 더욱 큰 감동이 밀려왔다.

"미리 통지를 받은 중국 측 관계자들도 모두 놀라 뒤집어

졌습네다. 기대치보다 100배, 아니 1천 배도 넘습네다. 조선민주주의 인민공화국 만세!"

전화기를 내려놓는 리홍섭의 두 눈에서는 자신도 모르게 눈물이 하염없이 흘러내렸다. 그는 연체동물처럼 말랑해진 어깨를 뻗어 무의식적으로 전화기를 손에 들었다.

"지도자 동지 부탁드립네다."

곧 수화기 건너편에 나타난 김정은도 목소리가 잔뜩 쉬어 있었다.

"내 분명히 느꼈소. 강산이 미친 듯 울부짖는 걸. 혁명의 수소폭탄이 마치 신발 밑에서 터진 듯했소. 리 소장, 당신은 인민의 최고 영웅이오."

"과찬이십네다."

"오늘부로 우리는 미 제국주의자 놈들과 똑같은 힘을 가졌소. 원자폭탄도 아닌 수소폭탄을 워싱턴, 뉴욕, 시카고, 로스앤젤레스에 일제히 한 방씩 쏘면 미국 놈들이라고 별수 있나. 나라가 다 망하는 거 아니오?"

"그렇습네다."

"개자식들! 70여 년 만의 복수요. 그동안 공화국이래 얼마나 불안해하며 살았소. 이제 수틀리면 너 죽고 나 죽자 식으로 나가는 거요. 동시에 수소폭탄을 다섯 발이고 열 발이고 쏘는데 놈들이 견뎌나갔소? 이제 우리는 미국 놈들과 완전히 대등하게 나가는 거요. 놈들이 욕하면 같이 욕하고, 놈들이 겁주면 같이 겁주고, 놈들이 미사일 쏘면 같이 쏘는 거요. 우리 공화국에 이런 날이 올 줄 어떻게 알았겠소. 리 동무 고맙시다."

"모두 지도자 동지의 은혜 덕분입네다."

"이제 수소폭탄 핵탄두를 영광스러운 화성 15 로켓에 붙여 미국 본토까지 날아가는 완벽한 대륙간탄도 수소폭탄을 만드는 일만 남았소. 리 동무, 언제까지 가능하갔시오?"

리홍섭은 무의식적으로 손목에 찬 시계를 들여다보았다. 날짜판이 없는 시계였지만 시간을 추궁당하는 게 일상사가 되어버린 그로서는 잠시라도 시간을 벌기 위해 습관적으로 취해온 동작이었다. 곰곰이 생각하던 그는 이윽고 결심한 듯 결연한 목소리를 내뱉었다.

"2년이면 가능합네다, 지도자 동지!"

"머이? 2년이나 걸린다구?"

"완벽하게 만들려면 그 시간은 필요합네다."

"아니, 미사일도 핵실험도 모두 대성공인데 그 둘을 붙이는 데 시간이 그렇게나 걸린단 말이외까?"

"미사일도 대기권 재진입 실험을 더 해야 하고, 핵탄두도 완벽한 경량화가 필요합네다."

김정은은 광포한 고함을 내질렀다.

"아홉 달 안에 완수하라! 무슨 일이 있어도 그 기간 안에 워싱턴까지 날아가는 완벽한 대륙간탄도 수소폭탄을 보유하라."

"알갔습네다. 틀림없이 이행하갔습네다."

리홍섭의 다짐에 김정은은 다시 목소리를 낮추었다.

"속도전만이 유일한 방법이오. 놈들은 모두 3년 이상 걸릴 걸로 예상하고 거기에 맞춰 대응책을 짤 거요. 그러면 방법이 뭐갔소? 놈들이 안심하고 있을 때 미친 듯이 달리는 것밖에 더 있갔소? 내 있는 힘껏 지원할 테니 무조건 아홉 달 안에 완벽한 물건을 만들라. 온 세상의 허를 찌르는 것 외에는 우리 공화국이 대륙간탄도 수소폭탄을 보유할 방법이 없소."

"잘 알갔습네다. 지도자 동지래 천 번 만 번 옳습네다. 그 방법밖에는 없습네다. 지도자 동지래 참으로 영민하십네다."

돌연 김정은은 고개를 쳐들고 악을 썼다.

"내 반드시 미국 놈들을 조선반도에서 몰아내고 말리라.

완벽한 수소폭탄을 가지고 미국 놈들을 심판하면 놈들이 철군 안 하고 견딜 수 없으리라. 리 소장, 당신이 바로 그 일을 하는 거야. 조선반도의 100년 숙원을 푸는 거야. 무슨 일이 있어도 아홉 달 안에 완벽한 대륙간탄도 수소폭탄을 완성하라. 이것은 인민의 명령이다!"

전화를 끊었음에도 김정은의 목소리는 리 소장의 귓전에서 멀어질 줄 몰랐다. 날짜가 너무 촉박하다는 중압감이 벌써부터 가슴을 짓눌러왔지만 수소폭탄 성공에 놀란 미국은 북한 전역에 있는 핵시설을 날려버릴 수도 있고, 지도자 동지의 목숨을 노리고 들 수도 있다. 지도자 동지를 위해서나, 자신을 위해서나 놈들의 시간표보다 다섯 배 더 빨리 미국 본토까지 날려 보낼 수 있는 완벽한 수소폭탄을 보유해야만 했다.

리홍섭은 신념 어린 광기를 내보이며 부르짖었다.

"동지들, 오늘은 마음껏 축배를 듭시다. 그리고 내일부터 우리는 다시 천리마 강행군으로 들어갑시다. 이제 미 제국주의자들을 조선반도에서 몰아내고 북남통일을 이룰 날이 얼마 남지 않았소!"

리홍섭의 외침에 관측소 안의 모든 사람들은 일제히 만세를 불렀다.

"지도자 동지 만세!"

"수소폭탄 만세!"

"미군 철수 만세!"

6.
마지막 퍼즐

시간이 흐르면서 오스트리아의 주요 언론들이 하나둘씩 오스트리아 최고의 펀드매니저로 이름을 날렸던 요한슨의 자살 사건을 다루기 시작했다. 요한슨이 주도했다는 수십 건의 투자 종목이 근거도 없이 공개되는가 하면, 그의 투자는 돈세탁을 위한 위장 거래였고 돈세탁을 마친 검은 세력이 자살을 위장해 그를 살해했다는 보도가 잇따랐다. 혹은 그가 큰돈을 횡령했다는 보도도 있었지만 어느 것 하나 근거도 논리도 제시하지 못하는 그야말로 뜬소문이었다.

페터 요한슨의 죽음은 그렇게 종결되었다. 45년간 성공한 인생을 살다 간 한 사람의 흔적이 하루아침에 이렇게도 깨끗하게 지워질 수 있다는 것이 오히려 신기할 정도였다. 비엔나의 숱한 투자자와 펀드매니저들 그리고 금융인들은 이내 뜬소문마저도 흘려보냈지만 인철은 요한슨의 죽음을 둘러싼 의혹들을 떠나보내지 않았다.

그간 생각을 거듭해온 인철은 요한슨 사건을 다 풀었다 생각했다. 이해하기 어려운 사건이지만 요한슨이 유서를 쓰지도, 가족의 전화를 받지도 않았다는 특이한 단서에 기인해 인철은 놀라운 진실에 거의 다가섰지만 끝까지 포착되지 않는 건 바로 자살의 동기였다.

"도대체 무슨 이유로!"

실패도 횡령도 하지 않은 펀드매니저의 자살 이유. 그것도 전화 한 통에 의한 자살 이유를 오직 생각만으로 추리해내는 건 지난한 일이었다. 하지만 어느 날 아침 침대에서 잠을 깰 무렵 인철은 퍼뜩 뇌리를 지나치는 한 줄기 섬광에 감았던 눈을 번쩍 떴다.

"아!"

인철은 이른 아침 시간이었지만 즉각 요한슨 부인의 번호를 눌렀다.

"지금 만날 수 있습니까? 요한슨 씨의 자살 동기를 알 것 같습니다."

"네?"

"한 가지 사실만 확인하면 될 것 같습니다."

"정말이요?"

"그렇습니다."

"그럼 바로 만나요. 저는 마침 비엔나에 있어요."

요한슨 부인을 만난 인철이 자신의 신분을 그녀에게 밝힌 뒤, 요한슨과 그 전날 만났으며 자살의 순간 사무실에 갔었다는 얘기를 진지하게 들려주자 요한슨 부인은 처연한 표정으로 말문을 열었다.

"남편은 이 커피숍을 좋아했어요. 우리는 데이트하던 시절 거의 여기서 만나곤 했어요."

"많이 힘드셨겠군요. 장례는 잘 치르셨어요?"

"네. 저의 친정도 그이의 부모도 모두 비엔나에 있어서 그분들이 도와주신 덕분에 무사히 장례를 치를 수 있었어요."

요한슨 부인은 깊은 슬픔의 와중에도 어릴 적부터 감정을 드러내지 않도록 철저하게 교육받은 유럽 여성답게 침착하고 꿋꿋하게 이 상황을 견뎌내고 있었다.

"회사에서는 자살의 이유를 전혀 알 수 없다고 해요. 다들 사생활 때문이 아니겠냐는 눈치예요. 약간은 저를 동정하는 표정을 지으면서요. 하지만 남편은 여자를 좋아하지 않아요.

사실 스키 사고로 능력을 상실했거든요. 남편에게는 와인이 모든 것이에요."

"특히 가까웠던 동료라든지, 아니면 같은 부서의 직원들도 짐작하는 바가 없던가요?"

"그들은 모두가 개인적으로 업무를 분리해 맡고 있어서 남이 뭐하는지를 전혀 모르더군요. 같은 부서의 직원들도 최고의 펀드매니저가 자살한 이유를 모르겠다며 고개를 가로저을 뿐이에요."

"남편의 자살에 대한 저의 추론을 말씀드릴게요."

요한슨 부인은 커피 잔을 밀어놓고선 급히 수첩을 꺼냈다.

"아니, 적으실 필요도 없어요. 아주 간단하니까요."

"그래도 기록해둘래요."

펜을 쥔 요한슨 부인은 눈길을 인철의 입가에 모았다.

"요한슨 씨는 상상조차 할 수 없는 거액을 맡았습니다. 그는 그 거대한 자금을 성공적으로 투자했고, 펀드매니저로서는 최고의 영광을 누리고 있었습니다."

요한슨 부인은 극도의 예민한 표정으로 말없이 인철의 목소리에 귀를 기울이며 한 마디도 놓치지 않으려는 듯 부지런히 손을 움직였다.

"그런데 자살했어요. 최고의 수익을 올렸지만 전혀 이해되지 않는 자살을 택한 겁니다."

"어차피 닥친 현실, 자살의 동기라도 알았으면 이렇게 답답하지 않겠어요."

인철은 고개를 돌려 잠시 창밖을 바라보았다. 아무도 이해하지 못하는 일을 요한슨 부인을 앞에 두고 이렇게 자신 있게 말해도 되는가 싶어 잠시 골똘히 생각하다가 더욱 강하게 목소리에 힘을 넣었다. 난해했지만 해결했다는 자신감이 있었다.

"펀드매니저의 고민은 투자자로부터 나옵니다. 아마 요한슨 씨는 투자자로부터 자살밖에는 해답이 없을 정도의 심각한 공포를 느끼면서 무척 고민했을 겁니다."

"투자자가 남편을 협박했다는 말인가요?"

"직접 협박했든 안 했든 상관없어요. 중요한 건 남편과 투자자 사이에 큰 문제가 생겼고, 그 결과 남편이 자살을 택했다는 겁니다."

"무슨 문제인지 밝히셨나요?"

"당사자들이 아닌 한 진상을 확실하게 알 수는 없습니다. 다만 근거 있는 유추는 할 수 있었습니다."

"어떤 추측이 가능하죠?"

"논리적으로 추론하면 요한슨 씨는 큰돈을 벌어서 그동안 투자자들에게 큰 이익을 제공하는 공을 세웠겠지만 지금으로선 그보다 더한 잘못을 저질렀다고 생각할 수밖에 없습니다."

"잘못이라고요? 횡령도 그 무엇도 하지 않았는데요?"

"그래서 자살의 원인을 추측하기가 어렵다는 것입니다. 투자에 대성공을 거두었고 돈을 가로채지 않았음에도 펀드매니저가 자살하는 경우는 금융계에서는 한 번도 없었으니까요. 그런데 어떤 특별한 투자자의 경우 돈을 버는 것보다 더 크게 신경이 거슬리는 경우가 딱 하나 있을 수 있다는 생각이 들었습니다."

"그게 뭐죠?"

"자신의 정체가 드러나는 경우입니다."

"남편이 비록 큰 수익을 얻게 해줬지만 정체를 숨기려는 자금의 주인을 알아버리는 실수를 저질렀다는 뜻인가요?"

"그렇습니다."

"그렇다고 사람을 죽여요?"

"엄밀하게는 요한슨 씨가 자살을 한 거죠."

"타살이나 마찬가지예요. 당신의 말대로라면 그 어떤 투자자가 남편에게 자살할 정도의 공포심을 던져준 거잖아요."

"아마 거기에는 거역할 수 없는 어떤 거대한 힘을 가진 상대를 맞닥뜨린 요한슨 씨의 어쩔 수 없는 전략적 선택도 있었을 겁니다."

"전략적 선택? 자살이 남편의 전략이었다는 건가요?"

"부인과 딸의 전화를 받지 않고 유서도 쓰지 않은 걸 보면 지금은 그렇게 추정할 수 있습니다."

"거기에 어떤 의미가 있나요?"

"어떤 비밀을 알았기 때문에 자신이 죽어야 한다고 생각한 요한슨 씨는 가족의 전화를 받거나 유서를 남기게 되면 그 상대방이 가족에게 해를 입힐 수 있다고 생각했을 겁니다. 다시 말해 가족에게 위험이 전해지는 걸 사전에 완전히 차단하고 싶었던 겁니다."

"……."

"제가 만난 요한슨 씨는 그렇게 소심한 분이 아니었지만, 그렇다고 비교도 되지 않는 상대를 향해 돌진하는 어리석은 사람도 아니었습니다. 그리하여 요한슨 씨는 자신이 죽음을 벗어날 수 없다는 생각이 들자 자살로써 반격을 선택했을 겁니다."

"반격이라니요?"

"요한슨 씨는 갑자기 자살을 결심한 게 아닐 겁니다. 틀림없이 평소에 이런 경우를 대비해 준비하고 있었을 거예요.

그만치 그는 위험한 자금을 만지고 있었으니까요. 그 자신도 자금의 진짜 주인을 알아서는 안 되고, 그 선을 넘었을 경우 전화 한 통에 당장 자살을 실행에 옮길 정도로 위험한 자금 말입니다."

"그렇게나 위험한 자금이 있을 수 있을까요?"

"남편은 그렇게 느낀 걸로 판단됩니다. 따라서 그는 평소 대비책을 마련해둔 겁니다. 그리고 그날 그의 대비책은 자살이었습니다."

"뭐가 뭔지 헷갈리는데요."

"물론 여기까지는 저의 추리입니다. 한마디로 거대한 가정이죠. 그러나 이런 추론이 성립하기 위해서는 하나의 조건이 필요합니다."

요한슨 부인은 인철의 논리적 추론을 어느 정도 수긍하면서도 워낙 비상식적이라 완전히 받아들이지는 못했다.

"부인에게는 틀림없이 남편이 만들어준 비밀 계좌가 있을 겁니다."

요한슨 부인은 지체 없이 대답했다.

"네, 있긴 해요. 하지만 계좌 개설 이래로 남편으로부터 단한 푼도 부정한 돈이 입금된 적이 없어요. 남편은 그런 사람이 아니에요. 통장은 텅 비어 있다고요."

"이제 그 퍼즐의 마지막 조각을 확인할 시간입니다. 분명 지금은 큰돈이 입금되어 있을 겁니다. 입금되어 있다면 저의 추론은 다 맞게 되지요. 아니면 다 틀린 거고요. 어디 한번 전화를 걸어보시죠."

요한슨 부인은 전혀 믿지 않는 표정이었지만 인철의 자신감 넘치는 목소리에 전화를 걸다가 이내 기겁했다.

"네? 뭐라고요? 그게 정말이요? 2천만 유로요? 언제요?"

전화를 끊고 난 부인의 얼굴은 놀라움과 두려움으로 가득 차 있었다.

"입금된 시각은 사고가 있던 그날 오후입니다. 요한슨 씨는 인터넷을 통해 입금 사실을 확인한 후 자살을 결행한 겁니다."

요한슨 부인은 참을 수 없다는 듯 날카롭게 물었다.

"남편이 남의 돈을 훔친 건가요?"

"훔친 게 절대 아닙니다. 받은 거죠."

"누구로부터요?"

"돈의 주인으로부터죠. 대신 그는 자살하기로 한 약속을 지킨 겁니다."

"아!"

"어쩔 수 없는 상황에서 결행된 남편의 반격이자 부인과 딸을 위한 배려예요. 그는 2천만 유로를 받고 기꺼이 자살을 택한 겁니다. 그가 생각해낸 최고의 타협점이었어요. 그러니 편하게 가지시면 됩니다."

"저는 아직도 뭐가 뭔지 정확히 이해가 안 돼요."

인철은 요한슨 부인을 남겨두고 자리에서 일어났다.

"잠깐만요."

요한슨 부인의 목소리는 이미 잠겨 있었다.

"돈 주인은 누구예요?"

"그건 모릅니다."

"당신은 왜 돈 주인에 대해서는 추리를 하지 않죠? 보통 사람으로서는 엄두도 낼 수 없는 이런 기막힌 발상을 해내는 분이라면 돈 주인에 대해서도 짐작하고 있을 텐데요."

"쉬운 일이 아닙니다."

요한슨 부인은 잠시 인철의 눈을 들여다보다 의심의 눈길을 거두고서는 가라앉은 목소리로 말했다.

"당신 아니었으면 이 돈을 버릴 수도 있었다는 생각이 들어요. 평생 비밀 계좌를 확인해볼 생각조차 못했을 테니까요."

"그랬을 수도 있겠지요."

"사례를 하고 싶어요. 이건 너무 큰돈이어서 얼마든지 드릴 수 있어요. 반이라도 드릴게요."

인철은 고개를 가로저었다.

"그건 가족에게 주는 요한슨 씨의 마지막 선물이에요. 그 위기의 순간에 그런 결심을 한 요한슨 씨는 제게도 큰 감동을 주었어요. 저는 이미 사례를 받은 거죠. 제게 주실 것은 통장에 찍힌 상대방의 인적 정보입니다. 나중에 확인하시면 문자로 보내주세요."

"그러면 이거라도 받아주세요."

요한슨 부인은 핸드백에서 무언가를 꺼냈다.

"남편의 유품이에요. 남편도 당신에게 드리는 걸 허락할 거예요. 부디 간직해주세요."

OMAS.

요한슨 부인이 건넨 건 만년필이었다. 몽블랑이나 파커를 최고로 알아온 인철로서는 지금까지 한 번도 들어본 적이 없는 브랜드였지만, 삼각형의 새까만 홀더에 금촉이 장착된 세련된 디자인이 한눈에도 매우 값나가는 고급 수제품이라는 것을 알 수 있었다.

인철은 고개를 숙여 감사를 표한 후 커피숍을 나섰다. 한동안 고심했던 난제라 마지막 퍼즐 한 조각까지 깨끗이 풀어냈다는 상쾌함이 기분 좋게 온몸을 휘감아왔고 그간의 피로

감은 씻은 듯이 사라졌다. 하지만 도나우 강을 따라 걷는 동안 차츰 더 본질적인 문제가 바람을 맞아 출렁이는 물결처럼 인철의 머리를 거슬러 올라오고 있었다.

2천만 유로라는 거액을 주고도 신분이 노출되는 걸 막아야만 했던 그는 과연 누구인가.

인철은 생각했다. 이것을 밝히는 건 자신의 업무 영역에 속하는 일일까. 만약 그렇다 하더라도 자신이 엄청난 위험을 감수하고 뛰어드는 게 과연 옳은 일일까. 하지만 모른 척하고 피한다면 내 양심이 허락할까.

7.

제3인베스트먼트

며칠간의 고심 끝에 인철은 소리 없이 돈 주인에 대한 조사를 하기로 마음먹었다. 자신이 어디까지 파고 들어가게 될지 몰랐지만 요한슨에게 조세피난처로 악명 높은 케이맨 제도에서 전화가 걸려왔고 그 결과로 요한슨이 자살한 이상, 자신의 업무 영역인 국제 자금세탁과 관련이 없다고는 볼 수 없었다.

하지만 인철은 워싱턴의 본부에는 요한슨과 관련한 그 무엇도 보고하지 않은 채 자신이 공식적으로 맡은 일에만 열중하는 모습을 보였다.

"내가 자네를 보았을 때는 말이야."

슈나이더 총재는 같이 점심을 먹는 자리에서 의미심장한

얘기를 꺼냈다.

"금융인으로 세계은행에 근무하는 건 아니야."

인철은 가볍게 웃어넘기려 했지만 슈나이더는 자신이 꺼낸 화제에서 멀어지지 않았다.

"일에 접근하는 방식이 금융인들과는 많이 달라. 오히려 수사관 쪽이란 말이야."

"하하, 총재님. 본래 저는 변호사입니다."

"알아. 하지만 금융 전문 변호사가 아니라 형사 전문 변호사 같단 말이야. 후후, 어떤가? 나를 속일 수는 없잖은가."

"저는 본래 세계은행에 입사할 때도 법무팀의 특별조사요원으로……."

"어쨌든 요한슨의 자살이 있고 나서 자네는 진면목을 드러냈어. 지금은 발톱을 숨기고 있지만 언젠가는 뿌리째 내놓을 거야. 어때? 내 말이 틀렸나?"

"하하, 총재님."

"결국 자네는 돈 주인이 누구인지 밝히는 일에 열정을 쏟을 거야. 아니 본능처럼 그 골목으로 들어설 수밖에 없어."

"그건 제 업무 영역 밖이라……."

"비엔나라는 곳에서 개인플레이로 뭘 할 수 있다고는 생각지 말게. 여기서는 모든 게 팀워크야. 알겠나, 팀워크."

"알겠습니다. 사실 요한슨 사건은 대형 범죄의 냄새가 납니다."

"그게 자네의 본능을 자극했겠지. 나는 자네가 그 사건에 개입하는 걸 반대하지는 않아. 하지만 조심하게. 여기엔 자네에게 힘이 돼줄 수 있는 사람이 아무도 없어."

인철은 슈나이더의 말을 어떻게 받아들여야 할지 몰랐다. 어떻게 들으면 자신을 염려해주는 말이었지만, 어떻게 생각하면 쓸데없는 일에 간섭해서 다치지 말라는 일종의 경고이기도 했다. 그가 팀워크를 강조하는 것도 도와주겠다는 의미와 혼자 날뛰지 말라는 의미를 동시에 갖고 있는 중의적 표현으로 들렸다.

"어제 식사를 요트아베의 회장과 같이했어. 그가 심각한 고민을 토로하더군. 제3인베스트먼트에서 자금을 반 이상 뺐고 나머지도 해약을 하려 한다는 거야."

"제3인베스트먼트란 요한슨이 굴리던 돈의 표면적 주인인가요?"

"맞아. 돈 주인이 비엔나에 만든 바지회사야. 대표는 이브라힘이라는 자인데 한 번도 나타난 적은 없어. 대신 마빈이라는 비엔나 사람이 관리해. 요트아베 회장이 마빈에게 요한슨 못지않은 능력자라고 몇몇 직원들을 소개했지만 그는 펀드매니저 문제가 아니고 요한슨이 있을 때부터 자금을 뺄 계획이 있었다고 얘기한다는 거야. 그래서 말인데, 요트아베에서는 혹 요한슨의 자살과 관련해 돈 주인 측에 뭔가 좀 문제가 있는 건 아닌지 궁금해하는 눈치야."

"저쪽이 자금을 다 빼지 못하도록 부드럽게 협박할 수 있는 정보 말이군요."

"이를테면 그렇지."

인철은 내심 웃었다. 슈나이더의 본심은 도움도 경고도 아닌 부탁이었다.

"그런데 요한슨이 움직이던 자금의 규모는 어느 정도입니까?"

"3억 유로로 시작해서 지금은 30억 유로가 되었다는군."

인철은 경악했다.

"저런! 그건 기적이군요. 요한슨은 도대체 어디에 그 큰돈을 투자해 막대한 이익을 남겼을까요? 혹시 석유?"

"어째서 그렇게 생각하지?"

"요한슨의 책상 위 모니터 세 대가 모두 석유를 가리키고 있더군요. 그중에서도 미국의 세일 석유를요."

"세일 석유?"

"지난 1년 동안 유가가 올라간 건 미국의 세일 석유밖에 없어요. 그간 세일 석유는 워낙 위험해서 누군가 그런 큰돈을 적기에 투입하기는 어려웠어요. 그걸로 보아서는 요한슨이 천재이거나……."

"천재이거나?"

"아니면 돈 주인이 석유에 아주 밝아 요한슨에게 지침을 주어왔거나 둘 중 하나예요. 제3인베스트먼트의 대표가 이브라힘이라는 아랍계 이름을 가진 걸로 보아서는 중동의 어느 석유 재벌이 돈 주인이 아닌가 하는 느낌도 들어요. 미국 정부는 아랍인이 세일 석유회사의 주식을 대거 갖는 걸 극히 경계하니 돈 주인으로서는 정체를 숨겨야 할 극단적 필요성이 있어요."

슈나이더는 잠시 인철을 쳐다보고 있다가 황홀한 듯이 말했다.

"놀랍군. 어째서 워싱턴에서 자네 한 사람만 보냈는지 이제 알 것 같아. 여하튼 요트아베에서는 분명 자네가 돈 주인에 관해 뭔가 알고 있다고 생각하고 있어. 요한슨이 자살 직전 인터넷 접속을 했을 거라고 자네가 말했잖나. 그리고 그게 확인되었고."

"인터넷은 누구나 접속하니까요."

인철은 본래 사건이 해결되면 슈나이더 총재에게 전모를

말해주려 했지만 요한슨 부인에게 2천만 유로가 건네진지라
비밀을 지키기 위해 입을 다물고 있었다.

"후후, 얼버무리지 말게. 그렇게 숨기려고만 하지 말고 도
와줄 수 있으면 한번 도와주게. 요트아베 회장은 나와 40년
지기일세. 공무원 시험도 같이 쳤고 재무부에도 같이 들어갔
었지. 그리고 그들이 자금을 다 빼가면 결국 비엔나에 타격
이잖나. 그런 점에서는 나의 일이기도 해."

"알겠습니다. 그들에게 무슨 문제가 있는지는 한번 찾아보
겠습니다. 대신 요트아베가 가지고 있는 요한슨의 거래 정보
를 제게 넘겨줘야만 합니다."

"알겠네. 자네는 세계은행의 특별조사요원이니 자네에게
자료를 보여주는 게 불법은 아니야."

다음 날 인철은 요트아베로부터 넘어온 거래 기록을 통해
요한슨이 제3인베스트먼트의 시드머니인 3억 유로를 전적
으로 러시아 석유에 투자해오다 최근 1년 동안은 미국의 세
일 석유로 큰 재미를 보았다는 걸 알 수 있었다. 그리고 그
수익금은 지속적으로 케이맨 제도에 있는 계좌들로 보내지
고 있었다.

"제3인베스트먼트라……"

인철은 제3인베스트먼트의 실제 주인이 요한슨 자살의 배후라는 사실에 대해서는 확고한 심증을 가지고 있었지만, 요한슨이 마지막 순간에 자살을 빌미로 돈을 뜯어내었기 때문에 제3인베스트먼트의 주인을 찾아 형사든 민사든 책임을 묻는 걸 목표로 할 수는 없었다.

하지만 거액의 수익금을 조세피난처인 케이맨 제도의 계좌로 흘려보내는 건 조세법으로 처벌할 수 있는 여지가 있어 관리들이 꼼짝 못 할 확고부동한 증거를 확보하는 건 의미가 있는 일이었다.

그러나 워싱턴의 본부에서 그걸 허용할 리는 없었다. 그럼에도 불구하고 인철은 거대한 자금이 조세피난처로 흘러들어가는 걸 확인하고서도 그냥 눈을 감고 묵인할 수만은 없다고 생각했다. 인철은 앞으로의 일이 어떻게 되든 일단 제3인베스트먼트의 자금 흐름 전모를 파악해야 한다고 생각했다. 특히 요한슨에게 2천만 유로를 주었던 자금주의 정체는 업무를 떠나 개인적으로도 못 견디게 궁금했다.

인철은 제3인베스트먼트에 어떻게 접근할지 생각하다가 요한슨을 처음 만났을 때 그가 미국에서 온 외환중개업자와의 저녁 약속을 펑크 냈다고 했던 것을 떠올렸다. 요한슨이 하는 일은 모두 제3인베스트먼트의 일이고 보면 외환중개업자를 만나는 것 또한 제3인베스트먼트와 연관이 있을 것이었다.

이미 수익금이 문제없이 케이맨으로 잘 흘러들어가고 있었던 점을 감안하면 요한슨이 외환중개업자를 만나려 했던 건 요트아베에서 원금을 빼 케이맨으로 보내기 위한 목적일 가능성이 있었다. 수익금이야 투자라는 과정을 거치니 돈세탁이 비교적 용이하지만 30억 유로나 되는 원금을 유럽에서 아메리카로 흔적 없이 옮기려면 외환이라는 장벽을 뛰어넘어야만 할 터였다.

인철은 그럴듯한 외환 브로커의 명함과 휴대폰을 마련한 다음 제3인베스트먼트의 번호를 눌렀다.

"요트아베의 요한슨 씨를 담당하시는 분 바꿔주세요."

"누구시라고 할까요?"

"골든힐 인트라의 김인철이라 합니다."

"잠시 기다리세요."

전화는 이내 누군가에게 연결되었고 젊은 남자의 목소리가 흘러나왔다.

"누구시라고요?"

"골든힐 인트라의 김인철인데 사망한 요한슨 씨가 문의한 달러 매입이 여전히 유효한지 확인하려고요."

"요한슨 씨가 달러 매입을 문의했나요?"

"모르고 있었어요? 요한슨 씨는 자금주가 제3인베스트먼트라 했어요. 달러를 가능한 한 많이 매입하겠다고 했고요."

"잠시 기다려주세요."

곧 전화기 건너편에서는 관록이 붙은 묵직한 목소리가 들렸다.

"달러 매입이라니, 무슨 말인지 설명해주시오."

"먼저 누군지 밝혀주시죠."

직감적으로 상당한 지위를 가진 자라는 걸 느낀 인철은 고압적으로 물었다. 물론 상대를 엮어들이는 수법이었다. 약간 지체하는 듯 상대편은 마지못해 신분을 밝혔다.

"임원이오."

"이름은요?"

"마빈."

수화기 건너편의 상대방은 슈나이더 총재가 말하던 바로 그 마빈이었다.

"요한슨 씨가 유로를 달러로 바꾸고 싶다고 했어요. 금액이 상당히 된다고 해 중계를 하려던 참이었어요."

"당신은 환중개인이오?"

"편하게 부르자면 환치기 브로커죠."

"요한슨이 얼마를 바꾸겠다고 했소?"

"전화로는 구체적인 얘기를 할 수 없어요. 여전히 의향이 있다면 만나서 얘기합시다."

"당신은 얼마까지 처리할 수 있소?"

"작은 돈은 안 합니다. 최소 2천만 유로 이상의 대륙 간 거래만 취급해요."

"당신 회사는 어디에 있소?"

"미국에 있지만 더 이상 묻지 말아요. 일단 내게 연결이 된 이상 내가 전담하고 회사는 빠지니까요."

"어떻게 당신을 믿을 수 있소?"

"나를 믿을 필요는 없어요. 돈을 믿는 거지."

"글쎄, 돈을 맞바꿀 상대가 사기꾼 아닌지 어떻게 알 수 있소?"

"자신의 눈을 믿으면 되는 겁니다."

"자신의 눈을 믿어라, 흐흐. 당신은 사기꾼 아니면 프로군. 회사로 오시오."

인철의 예상은 정확히 맞아떨어졌다. 몰래 잠입이라도 해야 할 제3인베스트먼트에 귀빈으로 초대받아 가는 기분은 썩 괜찮았다.

제3인베스트먼트는 비엔나의 제4구역인 비덴에 있었다. 2차 세계대전 직후부터 1955년까지 소련군 점령 구역이던 이 지역은 지금도 가히 비엔나의 러시아 게토라고 할 만했다.

100년도 더 된 제국주의 시대의 고풍스런 건물들이 줄지어 선 거리를 따라 차창에 스치는 명패를 꼼꼼히 살펴보던 인철은 일반 회사의 숫자보다 로펌과 회계법인, 조세 컨설팅 회사들이 더 많은 것을 발견할 수 있었다. 간판 같은 건 아예 없고, 건물 현관에 붙은 작은 명패에 이름만 달랑 쓰여 있을 뿐이어서 사전에 주소를 알고 일부러 찾아오지 않는 한 쉽게 찾을 수도 없는 구조의 사무실들이었다. 외관 또한 너무나 수수하고 평범해서, 마치 서로 남의 눈에 띄지 않기 경쟁을 하는 것 같았다.

"이럴 수가!"

제3인베스트먼트는 외관만으로는 이 거리의 다른 건물들과 아무런 차이가 없었다. 가능한 한 남의 시선을 피해 숨고 싶어 하는 수수하고 평범한 모습. 무려 30억 유로를 굴리는 제3인베스트먼트가 이렇게 낡은 거리의 초라한 건물들 사이에 자리 잡고 있다는 사실에 인철은 신음을 내지르지 않을 수 없었다.

인철이 제3인베스트먼트라는 명패가 붙은 2층 건물을 한참이나 바라보고 섰다가 무겁게 닫힌 대문 옆의 초인종을 누르자 스피커폰에서 게으르고 탁한 음성이 흘러나왔다.

"누구시오?"

"마빈 씨를 찾아왔어요. 약속이 돼 있습니다."

'쩡' 소리와 함께 철문이 열리자 인철은 대문 안으로 발걸음을 옮겼다. 전체적으로 우중충하고 을씨년스러운 분위기가 물씬 느껴지는 가운데 낡고 지저분한 안내실 안에서는 한 노인이 손으로 2층을 가리키고 있었다.

"마빈이오."

마빈은 낡아빠진 건물과는 전혀 어울리지 않는 말끔한 정장 차림으로 나타났다. 하지만 게르만의 이름을 갖고 있음에도 두툼한 입술에 잿빛 눈초리, 짙은 갈색 피부는 그가 아랍 혈통임을 나타내고 있었다. 아래위로 자신을 훑는 걸 느끼며 인철은 이 사람이 자신의 정체에 몹시 신경을 곤두세우고 있다는 걸 알 수 있었다.

"김인철입니다."

마빈은 달랑 이름과 휴대폰 번호만 있는 인철의 명함을 한참이나 들여다보았다. 그는 이 명함을 노골적으로 이상하게 생각하는 눈치는 아니었지만, 그렇다고 안심한 표정도 아니었다.

"젊은 친구로군."

"이런 건물 안에 30억 유로를 굴리는 회사가 있는 거나 마찬가지죠. 하긴 버진 아일랜드의 회사들은 계좌에 수억 달러의 예금을 갖고 있으면서도 이런 건물조차 없이 그냥 종이에만 존재하기도 하니까요. 그것도 종이 한 면에. 뒷면에는 또 다른 수억 달러짜리 회사가 있지요."

마빈은 흰자위가 유난히 넓은 눈동자를 번득거렸다.

"손에 꼽을 만한 실적은 있소?"

"내가 거래했던 고객들의 이름을 꼽으며 실적을 내세우는 건 누구에게도 바람직하지 않을 겁니다."

인철의 얼굴을 빤히 쳐다보던 마빈은 건조한 음성으로 물었다.

"유로를 케이맨으로 옮기려고 하는데 돈을 바꿀 상대가 있소?"

"유로를 달러로 바꾸겠다는 거죠?"

"그렇소."

"언제 할 건데요?"

"수시로."

"버진 아일랜드는 안 되나요? 마침 좋은 페이퍼 컴퍼니가 있는데."

"케이맨이라 했소."

"하긴, 케이맨에도 여기 유럽으로 돈을 갖고 오려는 회사가 여럿 있지요."

"거래는 어떤 방식으로 하는 거요?"

"주식에 락을 걸어 거래 담보로 설정하기도 하고 여러 방법이 있지만 고객들은 보통 동시 입금을 선호하죠."

마빈은 잠시 생각하다 물었다.

"동시 입금이라 해도 시간차가 날 것 아니오."

"시간차가 나든 기타 어떤 문제가 생기든 상관없어요. 의심의 크기만큼 거래를 쪼개고, 기본 단위에 대해서는 우리가 책임을 지니까요."

"예를 들자면?"

"1억 유로를 바꿀 경우 100만 유로씩 100번 거래하는 겁니다. 매번 그 100만 달러에 대해서는 우리가 책임을 지니 사실은 1억 유로 전체에 대해 책임지는 것과 같아요."

"100만 유로를 동시 교환한 후 다시 100만 유로를 거래하니 안전하다. 만약 그 100만 유로에 문제가 생기면 당신네가 책임진다?"

"그렇지요."

"어떻게 책임지지?"

"현금 100만 유로를 들고 옆에 서 있으면 안심이 되겠어요?"

마빈은 인철이 설명한 방식이 마음에 드는지 미세하게 고개를 끄덕였다.

"거래 당사자끼리는 상대가 누군지 알 수도, 알 필요도 없는 방식이군. 환율은?"

"대륙 간 거래에서는 보통 도이체방크와 뱅크오브아메리카의 환율 중 하나를 쓰는데 그런 건 당사자끼리 협의하면 돼요."

"당신네 수수료는 얼마요?"

"3퍼센트."

"척 듣기로는 이해가 가는 거래 방식인데…… 내가 모르는 웃기는 수법들이 있지 않겠소? 당신이 한마디로 날 안심시켜보시오."

"마음에 안 들면 안 하면 돼요."

인철의 퉁명스런 대답에 한참이나 얼굴을 빤히 응시하고 있던 마빈은 결국 고개를 끄덕였고 목소리 또한 풀어졌다.

"그런데 요한슨은 왜 내게 당신 얘기를 하지 않았을까? 일을 제대로 하는 사람 분위긴데."

"요한슨 씨와는 사고가 나기 하루 전날 만났어요. 밝힐 수 없는 사람의 소개로."

"어디서?"

"슈타이어렉. 그는 와인광이더군요."

인철이 요한슨과 식사를 했던 슈타이어렉이라는 식당 이름을 대자 의심을 완전히 푼 마빈은 속마음을 털어냈다.

"사실 우리는 이 문제로 좀 어려움을 겪고 있던 참이오. 여기 비엔나에서는 당신 같은 대형 브로커를 찾을 수 없었소. 요한슨이 죽기 전날 당신을 만난다고 하긴 했었소. 미국에서 왔다면서 기대가 컸는데 본인이 세상을 떠버렸으니. 하여튼 잘만 해주시오. 당신에게 따로 사례를 할 테니."

"나는 따로 사례를 받을 수 없어요. 그건 우리 회사의 규칙이에요."

"그러나 누가 알겠소? 내가 개인적으로 주는데. 당신만 입 다물면 아무도 모르는 일 아니오?"

"일이란 99퍼센트 성공했다가도 마지막 1퍼센트가 어긋나 틀어지게 마련이지요. 우리 회사에서는 개인적으로 사례를 받다 발각되면 목숨을 잃어요."

인철이 손을 목에 갖다 대고 옆으로 긋는 시늉을 하자 마빈은 입가에 미소를 흘렸다.

"흐흐, 돈 다루는 법은 전 세계 어디나 다 똑같군."

"그런데 케이맨에 사람이 있습니까? 미국 법 때문에 케이맨에서 상담을 해야 하니 거기 누군가 책임 있는 사람이 있어야 할 텐데요."

"미국 법? 어떤 법 말이오."

"개떡 같은 미국 법은 비록 행위가 이루어지지 않더라도 미국의 영토 안에서 범죄를 기획하거나 모의하는 것을 처벌할 수 있게 되어 있어요. 가령 우리가 미국에서 이런 대화를 한다면 그것도 범죄가 된다는 거죠."

마빈은 쓰라린 기억이라도 있는지 미국 법이란 말이 나오자 적개심을 내보였다.

"양키 놈들."

"나도 워싱턴에 살긴 하지만 미국이란 좌우간 까다로운 나라예요."

"좀 있으면 미국에선 생각만으로도 범죄자가 될 거요. 당신도 여기 비엔나에 와서 살아요. 세상에서 가장 편하고 가장 아름다운 도시요. 나는 미국 가서 살라면 하루도 못 살 거요. 거기 경찰 놈들 보시오. 개백정이지."

"여하튼 거기 케이맨에 사람이 있어야 합니다."

"염려 마시오. 모든 걸 결정할 수 있는 사람이 거기 있으니까."

"모든 걸 결정할 수 있는 사람? 그가 누구죠?"

"나중에 알게 될 거요. 그건 그렇고, 우리 식사나 합시다. 와인을 같이 마셔야 서로 신뢰할 수 있지 않겠소?"

"당신도 와인광인가 보군요, 요한슨 씨처럼."

인철은 자리에서 일어났다.

"그럼 금요일에 슈타이어렉에서 봅시다. 저녁 여섯 시."

"좋습니다."

"그런데 말이오."

마빈은 야릇한 미소를 흘리며 말했다.

"그때 10억 달러짜리 진본 잔고증명을 갖고 오시오. 저쪽 대륙 걸로. 물론 작은 거래라면 당신이 얘기한 대로 하면 되겠지만 우리는 보낼 돈이 좀 많잖소. 100만 달러씩 자르긴 싫소. 상대가 이리로 보낼 돈이 있다는 걸 잔고증명으로 증명하면 쉬운 일 아니오."

인철은 아차 했다. 막힘없이 술술 잘 풀리던 대화의 마지막에 마빈이 이런 교수대를 준비하고 있을 줄은 생각지 못했던 터였다. 하지만 인철은 당황하지 않고 싱긋 웃었다. 이런 상황에서 상대가 자신을 교수대에 올리는 한 자신은 반드시 올라가야만 하는 것이었다. 나중은 어떻게 되더라도 일단은 여유만만하게 올라가 거기서 요술을 부려야 하는 것이었다.

제대로 상대를 속이려면.

"당신도 가져온다면 그렇게 할 수 있지요."

"물론, 그럴 거요."

8.

최이지

슈타이어렉에서 만난 마빈은 아예 사람이 달라 보였다. 우중충한 건물에서는 비록 정장을 했어도 어딘지 시대와 어긋난 사람 같은 인상이었으나 비엔나 최고의 식당에서 그는 단연 빛나 보였다. 하긴 고급 식당이야말로 30억 유로라는 거금을 다루는 사람이 가장 빛나 보이는 장소일 터였다.

"여기 10억 달러짜리 웰스파고 샌프란시스코 본점의 잔고증명입니다."

인철이 잔고증명을 내밀자 한참이나 꼼꼼히 살펴보던 마빈은 아래위로 고개를 끄덕였다.

"내 건 여기 있소."

인철은 반대로 대충 휙 본 후 마빈이 내놓은 잔고증명을 양복 안주머니에 집어넣었다.

"당신을 의심해서 그런 게 아니오. 더욱 신뢰하기 위해 그런 거요."

"당연히 거쳐야 하는 절차예요. 다만 당사자끼리 요구하는 걸 내게 요구해서 좀 바빴을 뿐이지요. 진본이라 DHL로 받았으니."

"여하튼 이제 나는 당신을 완전히 믿겠소. 자, 건배합시다."

"어, 이건? 흐, 뻬뜨뤼스 1985. 아, 요제프, 당신은 내게 감동을 주는군요."

인철은 르네상스 시대의 어느 하루를 담은 듯한 뻬뜨뤼스의 고전적 풍미를 음미하며 교수대에서 목에 걸린 동아줄을 풀고 내려온 자신을 위로했다. 10억 달러짜리 잔고증명을 얻기 위한 김용 총재와의 씨름이란. 불가능할 수밖에 없었던 잔고증명서를 받아낸 건 전적으로 이브라힘이라는 이름을 가진 사람이 제3인베스트먼트의 대표이고, 이 회사가 미국의 셰일 석유에 집중적으로 투자하고 있다는 사실에 기인한 것이었다. 인철은 이 자금의 주인이 분명 아랍계이고 어쩌면 IS일지도 모른다는 논리를 내세웠다. 그럴 경우 미국의 새로운 전략 자산인 셰일 석유가 어떤 음모의 대상이 될지도 모르니 그 정체를 확실히 파악해야 한다는 점을 주장함으로써 김용 총재로 하여금 석유업계 어느 회사의 잔고증명을 받아내도록 한 것이었다.

"그런데 케이맨에 산다는 그 사람이 30억 유로의 진짜 주인인가요?"

세 번째 뻬뜨뤼스의 코르크 마개가 뽑히고 기분이 좋을 대로 좋아진 마빈이 경계의 빗장을 완전히 풀었을 즈음, 무르익은 '우정'을 바탕으로 인철은 스스럼없이 물었다.

"케이맨? 케이맨은 종이잖아. 거기에 어떻게 사람이 살아?"

"요제프, 당신이 지난번에 그랬잖아요. 결정권을 가진 사람이 케이맨에 산다고."

"케이맨뿐만이 아니야. 뉴욕에도 살지. 두바이에도 살고, 여기 비엔나에도 살아. 문자 그대로 코스모폴리탄이야. 종이회사가 있는 케이맨에는 은행 일로만 간단 말이야. 그리고 그가 30억 유로의 주인도 아니야. 진짜 주인은 누군지 아무도 몰라."

"하긴 그렇겠지요. 그 정도 금액을 달러로 바꾸려는 사람이라면 세상에 자신을 드러내지는 않겠지요."

"당신은 큰 거래를 많이 해서 그런지 젊은 사람치고는 두

뇌 회전이 빠르군. 하지만 앞으로는 돈의 주인에 대해서는 관심을 갖지 않는 게 좋을 거야."

"흐흣, 그래야 하는데 큰돈의 세계를 알게 되면 저절로 돈 주인이 누군가에 관심이 쏠린단 말이지요. 요한슨 말로는 석유와 관련이 있는 사람일 거라던데."

"맞아. 나도 그렇게 추측은 하고 있지. 제3인베스트먼트는 오로지 석유만 사고파니까. 주식이든 현물이든."

"요즘은 주로 미국의 셰일 석유를 하는 것 같던데요?"

"맞아. 셰일 석유로 큰 재미를 보았지. 그들은 오랫동안 석유를 만져온 것 같아. 그래서 그런지 유가와 국제정치의 상관관계를 훤히 꿰고 있어. 기름을 사고파는 타이밍이 기가 막힌단 말이야."

"그럼 요한슨 씨가 투자를 결정하는 게 아니란 말인가요?"

"나나 요한슨이나 비엔나 현지에서 그들의 돈을 관리한다 뿐이지 석유에 대해 무얼 알겠나? 요한슨이 나름 잔재주는 피우지만 근본적으로는 투자 오더가 위에서 내려와."

"돈 주인 쪽에서?"

"그렇지. 유가를 조종할 정도의 역량이 있으니 3억 유로 갖고 시작해 열 배나 튀기지."

인철은 놀랍다는 듯 긴 휘파람을 불었다.

"유가를 조작한다면 돈 주인은 분명 이름이 난 사람일 수밖에 없는데요."

"내 생각도 그래. 그는 분명 석유업자야. 아마 엑슨모빌이나 아람코의 대주주이거나 사우디 왕세자이거나 뭐 그런 사람일 거야. 물론 나의 짐작이지만. 그는 철저히 신분을 숨기고 다녀. 여기 비엔나에도 온다는데 본 적이 있어야 마주치더라도 알아보지. 혹시 킴, 당신이 돈 주인 아냐?"

"어! 어떻게 알았을까?"

"흐흐, 눈앞에 있어도 몰라. 어쩌면 내가 만난 적 있을지도 몰라. 그는 아마 비엔나에 와서 한두 달씩 살기도 할 거야. 내 생각이지만."

"어째서 그렇게 생각하지요?"

"비엔나를 좋아한다는 얘기를 들었거든. 흐흐, 누구라도 이런 아름다운 도시에 오면 떠나기 싫어지지 않겠어? 더군다나 사막에서 시커먼 원유만 보고 살던 사람이라면. 어쩌면 이브라힘이 돈 주인일 수도 있고."

인철은 취중에도 귀를 세웠다. 드디어 마빈의 입에서 사람의 이름이 나오는 것이었다. 그리고 그 이름은 정체가 궁금했던 제3인베스트먼트의 대표 이브라힘이었다.

"이브라힘은 누구죠?"

"당신이 아까 케이맨에 사느냐고 물었던 사람. 돈 주인과 가장 가깝지. 그가 비엔나로 오면서 역사가 시작되었어. 제3인베스트먼트의 역사가 말이야."

"그가 비엔나로 돈을 가지고 왔나요?"

이제 취할 대로 취한 마빈은 무의식적으로 고개를 끄덕이다가 길게 한 번 숨을 내쉬고는 테이블 위에 고개를 묻었다. 잠시 후 마빈은 고개도 들지 못한 채 혼잣말처럼 내뱉었다.

"어쩌면 이브라힘이 돈 주인일지 몰라. 아무리 큰일도 즉석에서 결정하거든."

비록 취중에 내뱉는 말이지만 거기에는 마빈의 본능적 판단이 들어가 있을 것이었다. 무엇보다도 이브라힘이라는 이름이 등장한 것은 대단한 수확이었다. 명목상 대표자에 불과한 줄 알았던 이브라힘이 돈 주인의 최측근이거나 심지어는 돈 주인일 수도 있었고, 케이맨에 살기도 한다는 사실은 그가 요한슨의 죽음과 직접적 관계가 있는 인물이란 얘기였다.

요한슨은 케이맨에서 걸려온 전화를 받고 자살했고, 자살 직전 2천만 유로를 받아냈는데, 이 두 가지를 다 결정할 수 있는 사람이 바로 이브라힘이었다. 이브라힘이 돈 주인이든 아니든 그가 요한슨과 자살 딜을 한 사람임은 틀림이 없는 것이었다.

"요제프, 정신 차려요. 요제프!"

마빈은 간신히 고개를 들고는 백치 같은 웃음을 지어 보였다가 다시 고개를 푹 떨어뜨렸다.

"사프란. 이브라힘은 사프란에 잘 가지. 돈 주인을 알고 싶으면 이브라힘에게 물으면 되고, 어…… 취했나? 내가, 이 천하의 와인광 마빈이…… 돈 주인을 알고 싶으면 이브라힘에게 물으면 되고, 어…… 이브라힘을 만나고 싶으면 사프란에 가면 되고…… 크."

"사프란? 사프란이 어디예요?"

"어디긴? 아랍 바지."

"아랍 바?"

"그래, 술 먹는 바. 아라비아 나그네들이…… 빈 스트라세……."

그가 고개를 숙인 채 중얼거리다 고개를 테이블에 파묻자 진작부터 얼음물 잔을 든 채 곁에 와 있던 매니저가 인철을 향해 웃어 보였다.

"집에 어떻게 보내죠? 너무 취했는데."

"염려 마세요. 저희가 알아서 하겠습니다."

"집을 알아요?"

"차를 타고 가다 보면 깨지요. 단골이라서 저희가 더 잘 압니다."

인철은 팁을 후하게 놓은 후 다시 한 번 매니저에게 마빈을 부탁하고, 대기하고 있던 택시를 타고 숙소로 돌아왔다. 돌아오는 차 안에서 인철은 안도의 한숨을 내쉬었다. 역시 제3인베스트먼트의 자금은 아랍계의 것이었고, 따라서 자신은 김용 총재에게, 김용 총재는 미국 석유업계에 체면을 구기지 않을 수 있었다. 또한 앞으로 자신이 이 자금의 주인을 쫓을 수 있는 동력도 확보한 것이었다.

아랍 바 사프란.

의식불명이 될 정도로 취한 마빈은 돈 주인에 관심을 갖지 말라 하면서도 돈 주인과 가장 가까운 이브라힘에 관한 멋진 정보를 준 것이었다.

다음 날 저녁, 인철은 바 사프란의 문을 열고 들어섰다. 사프란은 메디나라는 고급 아랍 레스토랑과 같은 출입구를 쓰고 있었다.

이 레스토랑은 점심시간에는 가벼운 아랍 음식과 커피와 비엔나식 사과 파이인 스트루델을 먹는 비즈니스맨들로 가득하지만, 저녁이 되면 비엔나에서 가장 값비싼 레스토랑 중 하나가 되는 곳이었다.

이미 낮에 호무스와 타블리 등 가벼운 아랍 음식을 먹으면서 바의 구조를 눈에 익힌 인철은 이 레스토랑의 깊숙한 안쪽 구석에 자리한 사프란에 대낮부터 범상하지 않은 사람들이 꽤 드나든다는 걸 느끼게 되었다. 대부분의 일반인들에게는 비엔나의 상류층이 가족이나 연인과 식사하기에 적당한 레스토랑으로만 보이겠지만, 이처럼 오픈된 듯하면서도 남의 눈에 잘 띄지 않는 바야말로 비밀에 싸인 블랙 비즈니스를 논하기에 더없이 어울리는 곳으로 보였다.

인철이 레스토랑을 지나쳐 바의 문을 열고 들어서자 띄엄띄엄 놓인 깊숙한 소파에는 비즈니스맨 차림새의 사내들이 무심한 듯 앉아 있었다. 하나같이 고급 슈트를 걸친 이들이 팔을 올릴 때마다 금색 커프스가 반짝이는 흰 와이셔츠 소매 아래로는 럭셔리 브랜드의 스위스 시계가 묵직하게 드러났다. 소파 테이블 위에는 말보로 담뱃갑과 던힐 금장 라이터가 던져져 있는 것으로 보아 이 영역에서는 아직도 강한 남성에게는 말보로가 어울린다는 클리셰가 통하는 것 같았다.

바라는 이름이 무색할 정도로 술을 마시는 사람은 거의 없었다. 흔한 보드카나 위스키는 바텐더 뒤쪽 벽면에 진열되어 있을 뿐 대부분이 무알코올 음료를 앞에 두고 있었다. 인철이 들어서자 바 안에는 무거운 정적이 감돌 뿐 어떠한 말소리도 들리지 않았다.

"프렌치 키스 한 잔!"

인철은 자신을 향한 눈초리들에 대답이라도 하듯, 혹은 어딘지 모르게 무거운 분위기를 깨려는 듯 경쾌한 음성으로 칵테일 한 잔을 주문하며 바에 앉았다. 바텐더가 건네준 칵테일을 천천히 음미하던 인철은 이 무거움이 미국과는 다른 아랍식 바 분위기인 걸 느끼고는 피식 웃었다.

하지만 오래 앉아 있다 보니 그 무거움 속에서도 사람들 간에 흐르는 친밀함과 공감의 공기를 느낄 수 있었다. 비록 침묵이 대세였지만 사람들은 서로 안면이 있는 듯 새로 들어오는 손님과 가볍게 고개를 끄덕이는 모습도 보였고, 무심한 듯하면서도 모두가 서로에 대해 신경을 곤두세우고 있음이 느껴졌다.

인철을 보자 하던 말을 멈추었던 구석의 두 사람은 다시 서류 위로 고개를 숙이며 조용하게 대화를 나누기 시작했지만 인철로서는 알아들을 수 없는 언어였다.

인철은 여기 있는 사람 중 누군가가 이브라힘이거나 심지어는 돈 주인일 수도 있다는 기대감에 한 사람 한 사람을 관찰했다. 누군가가 말을 걸어오면 좋겠건만 아랍 바는 끊임없이 묵직한 침묵의 분위기가 지배하고 있었다.

이런 식으로 며칠을 저녁마다 바에서 칵테일 잔을 기울이며 범상치 않은 인물이 눈에 들어오기만을 기다리던 인철은 전혀 기대하지 않았던 한 사람이 나타나자 아연 눈을 반짝였다. 한마디로 이 등장인물은 눈에 확 띨 수밖에 없는 인물이었다.

동양인 여성.

이 묵직한 아랍 바에 여성이 들어온 것도 뜻밖인데, 게다가 동양인이었기 때문이다. 인철이 지난 며칠 동안 관찰한 바에 따르면, 이 바에는 단 한 명의 여성도 출입하지 않았다. 마치 여성은 출입 금지라는 불문율이라도 있는 것처럼 종업원조차도 모두 남자들뿐이었다.

젊은 동양인 여성이 등장하자, 인철이 처음 이 바 안에 들어섰을 때보다 더 날카로운 눈초리들이 허공을 갈랐다. 인철은 여자로부터 고개를 돌리면서도 더욱 신경을 곤두세웠다.

사실 인철의 예민한 반응은 본질적으로 끌림이었다. 인철은 이 여성을 보자마자 전기 충격을 받은 것처럼 몸을 움직일 수 없었다.

인철이 놀란 이유는 그 여성이 한눈에 자신의 이상형임을 알아보았기 때문이다. 지난날 단 한 번도 여성이라는 존재에 관심을 가져본 적 없었고, 자신의 관심을 끈 여성도 만

나지 못했던 인철은 뒤통수를 얻어맞은 듯 혼미하고 심장이 멎는 것처럼 숨을 쉴 수가 없었다. 인철에게는 그녀가 바 안으로 걸어 들어와 비어 있던 소파 중 하나에 앉을 때까지 채 1분도 안 되는 시간이 마치 슬로우 비디오처럼 느릿느릿 눈앞에 펼쳐졌던 것이다.

"진저에일, 비테."

그녀는 독일어로 진저에일을 주문하고는 핸드백에서 신문을 꺼내 읽기 시작했다. 누구를 기다리는 것 같지도 않았고, 누군가를 만나려고 하는 것 같지도 않았다. 처음에는 기민한 관심을 보이던 남성들도 한참의 시간이 지나자 평소와 다름없이 다시 무겁게 가라앉았다. 그날 인철은 자신이 왜 여기에 왔는지도 잊은 채, 밤 열두 시 바의 문이 닫히고 모두가 돌아갈 때까지 그녀만을 바라보고 있는 자신을 발견했다.

기이하게도 그런 날이 계속됐다. 그 여성도 매일 저녁마다 바에 와서 진저에일 한 잔을 시킨 후 열두 시에 바의 문이 닫히면 조용히 나갔다. 매일 핸드백에서 신문을 꺼내 읽는 행동도 같았다. 다만 정장 슈트의 색이 검정색일 때도, 베이지색이나 분홍색일 때도 있었다. 가냘프지만 작지 않은 키에, 희고 작은 얼굴, 까만 눈동자가 지적인 여성, 귀여운 소녀처럼 보이다가 한순간 강한 카리스마가 스쳐 지나가기도 했다.

인철은 도대체 어떤 불법적 음모나 행동에 개입되었을지 알 수 없는 그다지 밝지 않은 남성들이 득실대는 이런 으슥한 바에 저렇게 청순한 동양 여성이 매일 오는 까닭이 궁금했다. 또한 그녀를 처음 본 순간부터 그녀가 당연히 한국 여성일 것이라고 상상하는 자신에게 놀랐다.

처음 그녀는 마치 길을 잃어서 이곳이 어디인지 모르고 들어온 사람처럼 보였다. 누구에게도 눈길 한 번 주지 않고 관심조차 없었다. 하지만 그다음부터는 마치 신문을 읽기에 세상에서 가장 적합한 곳을 발견했다는 듯, 같은 자리에 앉아서 같은 진저에일을 마시며 오로지 신문 읽기에 골몰하는 듯했다.

매일 저녁 인철은 그녀에게 말을 걸고 싶은 충동이 일었지만 그녀가 인철이라는 존재 자체를 인지하지도 못한 것처럼 한 번도 눈길을 주지 않는 데다 자신은 이브라힘을 찾기 위해 이곳에 왔다는 목적을 상기하며 애써 참곤 했다

바에 출입한 지 일주일이 넘었지만 누구에게 말을 걸 분위기도 아니고, 그렇다고 말을 걸어오는 사람도 없는 데다 미국으로 돌아갈 날이 다가오자 인철은 이대로 아무 일 없이 돌아가는 것보다는 부딪쳐보아야겠다고 마음먹고는 어느 날 밤 무턱대고 웨이터에게 미스터 이브라힘을 만나고 싶다는

메모를 전했다. 처음 바에 올 생각을 했을 때만 해도 누구든 범상치 않은 사람을 보면 첫눈에 그가 이브라힘이든 돈 주인이든 알아볼 것으로 생각했지만 아랍 바는 어두운 데다 그리 쉽게 사람을 알아볼 수 있는 분위기가 아니었다.

그날 바의 문이 닫힐 무렵, 늘 인철에게 서빙하던 웨이터가 조용히 다가왔다.

"이브라힘 씨가 당신을 만나겠다고 합니다. 바가 문을 닫으면 이브라힘 씨가 이곳으로 올 것입니다."

인철은 약간 긴장되었다. 오늘 좀 으슥한 자리에 앉다 보니 이상형의 여성이 자기 바로 옆 소파에 앉아 있어 운수 좋은 날이라는 기대감으로 자리를 지켰지만 다른 한편으로는 가벼운 불안감도 없지 않았다.

인철은 이브라힘이 어떤 사람이든 마빈과 교환했던 잔고 증명이 있어 안전에는 문제가 없다고 자신했지만, 어쩌면 누군가는 자신을 미행해 세계은행에서 출퇴근하는 걸 알지도 모른다는 불안감에 갑자기 신경이 예민해졌다. 그 불안감에 더해 혹 돈 주인이라도 만나게 되면 요한슨과 같은 일을 당할 수도 있을 거라는 생각에 인철은 아직 남아 있는 대여섯 명의 손님들에게로 눈길을 돌렸다.

순간 동양 여성의 옆모습이 눈에 들어왔고, 갸름한 옆얼굴과 가느다란 목선을 바라보자 신기하게도 불안감은 가라앉았다. 인철은 이 여성이 자신을 지켜주는 수호신이라 생각하며 오늘 이브라힘과 일이 잘되면 내일은 반드시 이 여성에게 다가가 데이트 신청을 하리라 생각하며 푸근한 마음으로 눈길에 들어오는 여성의 옆모습을 바라보았다.

"으음!"

오늘따라 하얀 블라우스 위로 흘러내린 단정하게 묶은 여성의 까만 머리가 유난히 아름답게 느껴졌다. 불빛에 드러난 작은 귀와 분홍색 귓바퀴를 보자 인철은 바로 이 순간 무조건 그 귀여운 귓불에 대고 '당신을 사랑합니다'라고 귓속말을 하고 싶다는 충동을 느꼈다.

드디어 바의 문이 닫히고 모든 손님들이 떠났다. 문득 어둠 속으로 사라지는 그녀를 따라가고 싶다는 생각이 드는 순간, 인철 앞에 두 명의 건장한 남성이 나타났다. 그들은 인철이 알아들을 수 없는 말로 뭐라고 외치면서 인철에게 주먹을 날리기 시작했다.

육사 시절부터 태권도와 합기도로 무장해 웬만한 패거리에게는 자신만만한 인철이었지만 워낙 갑작스런 공격인 데다 두 덩치가 동시에 달려드니 일방적으로 얻어맞을 수밖에 없었다. 반격을 노리며 머리를 숙이는 순간 인철은 돌연 머

리 위 조명 아래서 번쩍하는 섬광을 보았다. 그것이 날카로
운 칼에 반사된 광선이라는 걸 직감하자마자 인철은 오른팔
밑으로 길고 뜨거운 채찍이 내리쳐지는 느낌과 동시에 두 다
리가 허공에 뜬 것처럼 몸이 가벼워지는 것을 느꼈다.

"아악!"

이 순간 밖에서 문을 두들기는 천둥 같은 소리와 함께 "폴
리짜이, 폴리짜이, 문 열어!"라는 외침이 들려왔다.

인철이 다시 정신을 차린 것은 비엔나 중앙병원으로 달려
가는 앰뷸런스에서였다. 거리를 질주하는 구급차의 사이렌
소리가 마치 먼 곳에서처럼 들려왔다. 인철의 곁에는 바에서
본 그 동양 여성이 앉아 있었다. 그녀는 바에서 나간 후 집으
로 바로 가지 않고 지켜보다 경찰을 불러 인철을 구해준 것
이었다.

인철은 자신이 죽음의 문턱까지 갔었다는 것도 잊은 채,
그녀가 자신의 옆에 앉아 함께 병원으로 간다는 사실에 오히
려 행복하기만 했다. 구급차 침대에 누운 채 가느다랗게 눈
을 뜬 인철을 향해 그녀가 분명한 한국어로 말했다.

"죽을 뻔했다는 건 아시지요? 갖가지 음모의 소굴인 그 아
랍 바에서 혼자 그놈들을 상대하는 게 얼마나 무모한 짓인지

알기나 해요! 나는 또 총이라도 하나 차고 있는 줄 알았지요. 맨주먹으로…… 이건 뭐 바보가 아니면 설명이 되지 않는 일이에요."

처음으로 듣는 그녀의 목소리는 놀라움 탓에 한 옥타브 높기는 했지만 유혈이 낭자한 상황에서도 지극히 침착했다.

"생명의 은인이시네요."

인철은 신파조의 호소를 덧붙였다.

"연락처와 이름을 알려주세요. 이 은혜는 평생 두고 갚겠습니다."

자신을 가장 스마트하게 나타내보이고 싶었던 여인에게 한 말치고 이렇게 촌스런 말이 또 있을까 후회하는 순간 그녀가 대답했다.

"저는 최이지예요. 이제 안심하고 눈을 감고 계세요. 병원에서 경찰 보호하에 치료받을 수 있도록 도와드릴 거예요."

오른팔 아래쪽으로 꽤 깊은 자상을 입은 인철은 며칠간 병원에 입원해야만 했다. 최이지는 매일 병원을 찾아왔고, 두 사람은 급속도로 가까워졌다. 이미 그녀를 사랑하고 있던 인철은 부상을 오히려 행운으로 받아들였다.

최이지 박사는 비엔나의 국제원자력기구IAEA에서 핵물질

감독관으로 근무하고 있었다. 한국에서 독일로 유학 온 부모 밑에서 태어나 독일에서 경제학을 공부했으나 엉뚱하게도 미국의 MIT로 유학을 가서 핵물리학 박사 학위를 취득했다.

"제가 공부를 해보니 경제학이든 물리학이든 노벨상을 타기는 틀린 것 같고 국제정치에 관심이 많아서 IAEA에 취직했어요. 독일 뮌헨에 계시는 부모님과 불가근불가원의 거리를 유지하기에도 이곳 비엔나가 적당하니까요."

"불가근불가원이요?"

"호호, 그렇다고 부모님과 사이가 나쁜 건 아니에요. 다만 남자친구 하나 없이 밤거리를 누비는 걸 알면 기겁을 하실 테니 자주 오시기 힘든 이 비엔나가 적당해요."

"그런데 물리학과 정치는 좀 거리가 있는 것 같은데요? 물론 경제학이 바로 정치이기는 하지만."

"핵물리학을 공부하고 보니 자연히 핵 보유를 둘러싼 국가 간 힘의 상관관계에 몰두하게 돼요."

인철은 이지가 뮌헨에서 태어나고 자란 것도 의미심장한 인연으로 받아들였다. 뮌헨은 인철이 독일 육사에서 교육을 받던 시절 룸메이트의 초대로 유일하게 가본 도시였다. 어쩌면 그때 뮌헨의 어느 길목에서 고등학생인 그녀와 옷깃을 스쳤을지도 모른다는 엉뚱한 상상을 하기도 했다. 어쨌거나 함부르크에 비해 독일 특유의 낭만적 정서가 흠뻑 배어 있는 뮌헨은 인철의 추억 속에 가장 아름다운 청춘의 장면으로 남아 있는 도시였고, 따라서 이지가 뮌헨 출신이라는 점이 더욱 친근하게 다가왔다.

"대단한 독일어네요. 저와는 아예 비교도 되지 않는."

"독일어가 모국어예요."

"한국어도 한국인보다 더 잘하시는데요."

"당연히 한국어도 모국어죠."

"하지만 독일 사람인 거죠?"

"독일에서 태어나긴 했지만…… 늘 한국을 생각하고 살아요. 때로 한국의 신문이나 잡지에 기고도 하고요. 최근 청와대에 제언을 하기도 했어요."

"제언? 무슨 내용인데요?"

"중국과의 관계에 대해서요. IAEA에서 일하다 보면 국가 간 충돌에 대해 느끼는 바가 많아요."

인철은 이지가 경제학이라는 사회과학과 물리학이라는 자연과학을 다 같이 전공했다는 사실이 기뻤다. 사실 자신으로서도 둘 다 무척 해보고 싶은 공부였지만 기회가 오지 않아 마음속에 늘 아쉬움으로 남기고 있던 터였다. 그러나 무엇보다도 그녀가 자신에게 관심을 가져주었다는 사실이 가슴속 깊은 곳으로부터 묵직한 기쁨으로 다가왔다.

그녀가 그날 밤 바의 문 밖에 남아서 지켜본 것도 바의 웨이터와 정장 차림의 낯선 남자가 목소리를 낮춘 채 나누는 대화 내용이 심상치 않아 직감적으로 인철을 떠올렸기 때문이었다. 그들이 나눈 대화는 인철에게 경고를 해야 한다는 내용이었다고 했다. 최이지는 그 말대로라면 그들이 인철에게 겁만 주려 했지 죽일 생각은 없었기 때문에 자신에게 생명의 은인이라고 할 필요도, 평생 은혜를 갚을 필요도 없다고 농담처럼 주장했다.

"하지만 그들은 날카롭기 짝이 없는 칼을 썼는데요."

"어쨌든 그들의 대화는 경고를 하자는 내용이었어요."

"경고가 이 정도면 다음번에는 죽이겠네요."

이지는 인철에게 그나마 비엔나여서 목숨을 건졌으며, 아무리 지독한 악당이라고 해도 웬만해서는 이 비엔나에서 살인 같은 극단적 범죄를 저지르지 않으며 눈에 띄는 행동은 자제한다고 말했다.

최이지는 세계적인 경제 제재로 현금이 궁할 대로 궁한 북한이 비엔나의 어느 바에서 이란과 접촉하려 한다는 정보를 입수하고 의심이 가는 장소 중 하나인 사프란에서 잠복근무를 하던 중이었으며, 인철에 대해서는 첫날 바에서 마주친 후 혹시 북한 사람인가 싶어 신원 조사를 의뢰해 어느 정도 알게 되었다고 했다.

9.
미국으로

인철이 칼부림을 당한 사건은 슈나이더 총재를 경악케 했다. 그는 인철에게 요한슨을 소개한 장본인이었고, 무엇보다도 요트아베 회장의 부탁을 전하며 은근히 인철을 압박했기 때문에 몸서리까지 칠 정도였다. 그는 직접 병원으로 인철을 찾아왔다.

"이번에 해코지한 그놈들은 자네를 계속 지켜보고 있을 거야. 당장 워싱턴으로 돌아가는 게 좋겠어."

"제가 피습당한 사실은 누구에게도 비밀로 해주십시오. 워싱턴의 김용 총재 포함해서 그 누구도 저의 피습을 알아서는 안 됩니다."

슈나이더는 고개를 끄덕였다. 그건 오히려 자신이 부탁하고 싶던 참이었다.

"경찰은 바에서 자네를 습격한 자들을 잡지 못하고 있어."

"잡힐 놈들이 아닐 거예요. 제3인베스트먼트가 요트아베에서 돈을 빼지는 않았습니까?"

"두 번에 걸쳐 돈을 전광석화처럼 뺐다는군. 회사는 껍질만 남아 있고 마빈은 나타나지도 않는다더군.

"그는 비엔나 사람이라 사라질 리 없을 텐데요. 그의 안위가 걱정되는군요."

"그도 같은 패 아닌가?"

"그렇긴 하지만 제가 마빈을 취하게 만들어 있는 대로 다털어놓도록 한 게 혹시 그를 위험에 처하게 했을지 모릅니다."

마빈이 자신에게 이브라힘의 존재를 알렸고 자신이 이브라힘에게 습격을 당했다면 마빈 또한 무사할 리 없었다. 인철은 요한슨이나 자신이나 마빈이나 일직선상에 놓여 있다고 생각했다. 돈의 주인을 알게 되었거나 알려고 했던 사람, 또는 약간이라도 정보를 제공하는 사람은 예외 없이 죽거나위험에 빠지는 것이었다.

"그런데 돈의 주인은 누구인가? 전에 얘기했던 엑슨모빌도, 아람코도, 칼텍스도, 사우디 왕세자도 아니야. 그들은 이런 식으로 회사를 없애진 않아."

"그들은 아닐 겁니다. 돈의 주인은 네 가지 조건을 만족시키는 자입니다."

슈나이더 총재는 인철의 능력을 크게 신뢰하는지라 눈에 초점을 잡고 인철의 목소리에 귀를 기울였다.

"네 가지 조건이라면?"

"첫째는 아랍인입니다. 아랍인 이브라힘이 비엔나에 와서 제3인베스트먼트를 출범시켰고, 그는 모든 걸 다 결정한다고 했습니다. 그가 주인이거나 이인자입니다."

"이인자가 아랍인이라면 일인자도 아랍인이야. 그들은 결코 이족과 최고의 비밀을 나누지 않으니까."

"둘째는 이 돈의 주인이 석유를 장악하고 있다는 사실입니다. 투자 오더는 항상 위에서 내려왔고 자그마치 열 배로 돈을 키웠습니다. 뜻대로 유가를 결정할 수 있는 위치에 있는 사람만이 내릴 수 있는 오더입니다."

"동의하네."

"셋째는 이 돈의 주인은 자신이 드러나는 걸 극도로 꺼리고, 약간이라도 노출의 위험이 있을 경우 살인을 포함한 어떠한 폭력도 구사할 태세가 되어 있다는 점입니다."

슈나이더는 이제 어느 정도 제3인베스트먼트의 정체에 눈을 뜬지라 고개를 끄덕이며 인철에게 동조했다.

"넷째는?"

"아랍의 공개된 부호들 중에는 의심 가는 사람이 없는 걸 보면 어쩌면 IS일 수도 있습니다."

슈나이더는 흠칫 놀랐다가 이내 고개를 크게 가로저었다.

"이제 미국으로 돌아가면 여기 일은 다 잊어버리게. 놈들이 자네에게 이런 상처를 입히긴 했으나 복수를 하려 들 일은 아니네. 일개 깡패들 짓이니. 돈 주인이 뒤에 있는지도 확실하지 않고."

인철은 엷은 미소를 입가에 떠올렸다.

"당장 복수는 생각지 않지만 그들과 완전히 결별하게 될 것 같지는 않아 보입니다."

"무슨 말인가?"

"그들은 앞으로도 계속 미국의 셰일 석유에 투자할 것입니다."

"미국? 그걸 어떻게 알지?"

"그들은 석유에만 투자해왔는데 지금 지구상 가장 뜨거운 곳이 미국입니다. 셰일 석유의 경쟁력이 하루가 다르게 치솟으니까요. 그래서 환치기를 하려는 겁니다. 다른 곳에 투자한다면 유로를 그냥 쓰면 되지만, 미국에 투자하려면 보안

문제가 상당히 까다롭습니다. 특히 아랍계 자금은 만약 조금이라도 드러난다면 집중 감시의 대상이 됩니다. 그래서 그들은 환치기를 통해 유로를 아예 달러로 바꿔 케이맨으로 보내려는 겁니다."

"그러면 자네는 이제 미국에서 그 돈의 주인을 찾겠다는 건가?"

"그들이 비엔나에서 케이맨으로 옮겨가는 게 명백한 이상 저도 그들과 미국에서 부딪치게 될 것 같습니다. 제가 미국으로 돌아가고 나서도 총재님의 도움이 절실히 필요합니다."

"당연히 돕겠네."

"절대 보안을 지켜주셔야 하고요."

"염려 말게. 이 일이야말로 보안이 생명이야."

"그동안 감사했습니다."

슈나이더 총재는 붕대를 잔뜩 감은 인철이 팔을 내밀자 만감이 교차하는 듯 가늘게 눈꺼풀을 떨며 손을 맞잡았다.

"면목이 없네."

많지도 않은 짐들을 정리하면서 인철은 이별의 슬픔을 진하게 맛보고 있었다. 물론 이지 때문이었다. 이미 자신의 모든 것이 되어버린 이지를 이곳에 남겨두고 떠나야 한다는 사실 앞에 인철은 자신의 영혼이 모두 빠져나가는 슬픔을 느꼈다. 자신이 이곳에 남아 있게 되면 이지도 위험에 빠질 수 있다는 생각이 없었더라면 그는 결코 이지가 있는 비엔나를 떠나지 않을지도 몰랐다.

"이지 씨, 저는 미국 본사로 가야만 합니다. 슈나이더 총재가 저를 절대 여기 둘 수 없다고 선언했거든요."

인철은 워싱턴으로 돌아가게 되었다는 소식을 이렇게 전했다. 그날은 이런 사실을 전혀 알지 못하고 있던 이지와 함께 훈데르트바서 기념관에서 작품을 감상하고 비엔나의 한 유명 커피숍에서 오리지널 비엔나 커피를 마시던 중이었다.

이지는 순간적으로 망연자실한 표정이었지만 곧바로 쾌활한 목소리와 함께 미소를 지으며 말했다.

"잘하셨어요. 저도 인철 씨가 이곳에 계속 남아 있는 게 위험하다고 생각했어요. 그나마 오늘 자허 토르테도 맛보고 비엔나 커피도 마시고 가시게 돼서 정말 다행이에요. 그러고 보니 아직 도나우 유람선은커녕 오페라도 한번 보지 못하셨다니…… 이건 정말 비엔나에 대한 예의가 아니네요. 언젠가 비엔나에 꼭 다시 오셔야겠어요."

평소보다 유난히 말이 많은 그녀를 보면서 인철은 아무런 생각도 대답도 할 수 없었다.

"저는 내일 뮌헨에 있는 부모님 집에 가기로 해서 공항에 모셔다드릴 수는 없겠어요."

"이지 씨도 그 바에 다시 가서는 절대 안 돼요. 정말 조심해야 해요. 워싱턴에 도착하는 대로 연락할 테니 꼭 답을 주셔야 해요."

이지의 맑은 눈망울이 유난히 반짝이는 게 물기가 어린 탓이라 생각돼 뭐라 위로하려는 순간, 이지가 더욱 씩씩하게 말했다.

"제 걱정은 마세요. IAEA는 안전한 곳이에요."

인철이 떠나는 날 이지는 공항에도, 뮌헨의 부모님 집에도 가지 않았다. 그녀는 처음으로 비엔나에 갇혀 산다는 것이 참 답답하다고 생각하며 미국행 비행기가 날아가는 방향을 눈으로 어림잡아 보았다.

10.
워룸

　헬리콥터를 타고 백악관에 내린 제임스 매티스 국방장관은 미리 대기하고 있던 긴장된 표정의 각군 참모총장과 함께 워룸으로 들어섰다. 평소 같으면 누구 한 사람 할 것 없이 굳어 있는 분위기를 바꾸기 위해 농담 한 마디쯤 던졌을 텐데, 주로 그 역할을 맡았던 매티스도 오늘만큼은 아무 말이 없었다. 아니 어쩌면 그 자신이 더 굳어 있는지도 몰랐다.

　잠시 후 트럼프가 들어오자 군인들이 모두 기립했다. 트럼프가 모든 군사 옵션을 보고하라는 지시를 한 후 이루어진 군 수뇌부와 대통령의 미팅이라 평소와 달리 삼엄한 데다 누구나 전쟁을 생각하고 있으니 백악관 워룸의 분위기는 자연스레 사람들의 어깨를 무겁게 짓눌렀다. 어쩌면 바로 이 순간 이 자리에서 대통령은 북한에 대한 공격 개시 명령을 내릴 수도 있는 일이었다. 이미 북한을 완전히 파괴할 수 있다고 한 트럼프의 유엔 연설은 일부 인사들에 의해 북한에 대한 선전포고로 받아들여지고 있는 터였다.

트럼프는 익숙한 손짓으로 사람들을 앉힌 다음 매티스에게 단도직입적으로 말했다.

"이런저런 소소한 옵션은 나도 알고 있어. 그러니 아주 결정판만 말하게."

매티스는 고개를 한 번 끄덕이고는 무거운 표정으로 입을 뗐다.

"북한에 대한 공격에서 가장 장애가 되는 건……."

매티스는 턱에 손을 갖다 대며 트럼프와 그의 백악관 참모들, 특히 틸러슨 국무장관에게 눈의 초점을 맞추며 약간 뜸을 들였다. 뭔가 난감한 일이 있을 때 그가 늘상 보이곤 하는 몸짓이었다.

"한국의 문재인 대통령입니다."

매티스의 입에서 튀어나온 이 뜻밖의 말에 백악관 참모들 몇몇이 얼굴을 찌푸렸고 일부는 고개를 끄덕였다. 문재인이 틈만 나면 내뱉는 '전쟁 불가'는 이미 오래전부터 백악관과 국무부, 국방부 관리들을 짜증 나게 하고 있었다.

"문제는 개전 초기의 혼란입니다. 특히 방사포와 장사정포를 무력화하려면 공격 초기에 한국 공군을 비롯한 한미연합사의 병력이 절대적으로 필요한데, 그 시간대에 한국 대통령이 전쟁 반대를 고집하면 난감하기 짝이 없습니다."

틸러슨 국무장관이 물었다.

"공격 초기의 그 시간대라면 뭘 말하는 거지요? 구체적으로 설명해주시오."

매티스가 눈짓을 하자 통합사령부 전략본부장이 일어나 작전 계획을 설명하기 시작했다.

"구체적 공격 작전에 대해서는 하나하나 설명하겠지만, 일단 북한의 목표물에 대한 공격이 시작되면 북한은 유일한 보복 수단인 방사포와 장사정포로 휴전선 이남을 때릴 것입니다. 이것을 어떻게 막느냐가 모든 군사 옵션의 선택 이전에 가장 고심해야 할 부분입니다. 우리 군은 김정은이 방사포와 장사정포 공격 명령을 내리지 못하도록 만반의 조치를 취하지만, 그럼에도 불구하고 명령이 하달되어 포 공격이 일제히 시작되면 무엇보다도 한미연합사의 화력이 결정적입니다."

"흠, 한미연합사는 한국 대통령의 동의가 없으면 활동과 공격을 할 수 없으니 그게 문제라는 거군요."

"그렇습니다."

트럼프가 발끈해서 고함쳤다.

"정신 나간 거 아닌가? 자기네 국민을 지키려고 방사포를 때려잡는데 대통령이 반대해? 그리고 우리가 북한과 전쟁을 하는데 주한미군을 꼼짝 못 하도록 잡아둔다는 거야? 김정은을 돕고 싶어 환장한 건가? 하지만 분노는 숨기고 웃는 얼굴로 최대한 그들을 달래야 해. 우리도, 문재인 정권도 서로 친한 척하는 게 좋아."

"문재인 대통령도 결국 따라오지 않을 수 없을 것입니다. 다만, 공격 초기에 엇박자가 날 가능성이 크다는 겁니다. 북한 목표물에 대한 우리의 공격은 극비리에 진행되고 그 공격 순간은 누구도 모릅니다. 물론 심야에 이루어질 수도 있습니다. 문재인 대통령이 밤낮 외치는 걸 보나, 한국 청와대의 멤버 구성으로 보나 공격 소식을 듣자마자 맨 처음 나올 반응은 공격 반대와 전쟁 불가입니다. 이렇게 되면 한미연합사가 발이 묶이는데 그 몇 시간이 북한의 장사정포를 막을 골든타임이란 얘깁니다."

"장사정포는 어느 정도 날아가는 거요?"

"60킬로미터 사거리라 휴전선 부근에서 쏠 경우 서울 전역이 사정권에 듭니다. 북한은 휴전선 부근에 이런 장사정포를 약 350문 배치해놓고 있는 걸로 추정됩니다."

"그럼 우리가 북한의 목표물들을 타격할 때 이 장사정포단도 휩쓸어버리면 되지 않소?"

"이것들은 다 벙커 안에 들어가 있습니다. 차량에 실린 상태이거나 레일에 놓인 상태인데 평소에는 철저히 은폐돼 있어서 밖으로 나올 때만 타격할 수 있습니다."

"이 장사정포는 벙커에서 나오자마자 발사할 수 있는 거요?"

"벙커에서 나와 발사할 때까지 방열 등 준비를 해야 하는데 이 시간이 10분 가까이 걸립니다. 따라서 그 안에 한미연합사의 공군기들이 신속하게 그 포들을 격파해야 합니다."

"하지만 그때 문재인 대통령이 공격 불가를 외치고 있을 테고, 따라서 한미연합사는 움직일 수 없다는 얘기군."

"그렇습니다. 사실은 이것이 가장 심각한 문제입니다. 왜냐하면 최근 북한이 개발한 걸로 보이는 300밀리 방사포는 장사정포보다 훨씬 무섭기 때문입니다. 이것은 170킬로미터까지도 날아가는 로켓형 포인데, 차 한 대에 12개나 되는 각각의 포신이 있어서 1분 안에 20발 이상의 포탄을 날려 보낼 수 있습니다."

"그런 포차가 몇 대나 있다는 얘긴가?"

"아직 정확한 정보는 없지만 한국의 일부 전문가에 따르면 이런 포차가 무려 4천 대 이상 있다고 합니다. 다만 좀 과장되거나 부정확한 정보로 보이기는 합니다."

트럼프는 혀를 끌끌 차며 틸러슨을 바라보았다.

"한국에 주둔하고 있는 우리 군이 움직이기 위해선 그 한미연합사라는 웃기는 걸 없애버려야 하는 거 아니오?"

"필요하다면 그렇게라도 해야겠지만 한미연합사를 없애면 주한미군이 결국은 철수하게 되고, 그것은 북한에 의한 한반도의 적화통일을 부르게 됩니다."

"그러나 그게 한국인들의 선택이라면 우리가 어떻게 할 수 없는 것 아니오? 그러잖아도 한국에는 반미주의자가 넘친다고 하던데. 얼마 전에도 뉴욕에서 대통령 안보특보인가 하는 자가 전쟁보다는 한미동맹 해체가 낫다고 주장하더구먼. 그 얘기는 우리가 북한을 공격하면 한미동맹을 해체하겠다는 얘기와 다름없지 않소?"

"청와대에서는 그 사람 개인의 발언이라며 선을 긋긴 했습니다."

"무슨 소리요? 대통령 안보특보라면 대통령의 말을 하게 되어 있는 거 아니오? 여하튼 그렇다 치고, 그럼 한국 대통령은 북한 핵을 어떻게 처리하겠다는 거요? 영원히 그 협박을 받으면서 살겠다는 거요?"

"말로는 북한 핵은 절대 안 된다면서도 실제로는 시간만 보내고 있습니다. 지금 이 순간에도 북한은 무서운 속도로 수소폭탄을 늘려가고 있을 텐데요."

"한국 정부가 일부러 북한에 시간을 벌어준다는 얘기요?"

"일부러 그러는 것 같지는 않습니다만 자꾸 대화만이 해법이라 외치고 있으니 북한으로서는 우군 중의 우군을 만난 셈입니다."

"허허, 참. 우스운 자로군. 나 같으면 전 세계를 다니면서 북한 핵 없애달라고 세일즈를 하고 다닐 텐데 거꾸로 없애준다는데도 안 된다니. 그러나 그 친구도 결국 따라올 수밖에 없지 않나? 장사정포와 방사포로 서울이 불바다가 되고 자기네 국민들이 대량 살육을 당하는데 끝까지 군대를 묶어놓을 수는 없을 테니까."

"문제는 골든타임을 놓친다는 데 있습니다."

"흐. 답답한 자로군. 대포는 그렇다 치고 북한이 핵무기로 남한을 공격하는 건 어떻게 막지?"

"불가능합니다."

"미사일 실험도 성공하고 얼마 전 수소폭탄까지 개발을 완료했다면서. 아직 핵탄두를 미사일에 붙이지 못하는 건가?"

"아직 경량화가 안 돼 실전에 쓸 정도는 아닌 걸로 판단하고 있습니다."

"만약 우리가 모르는 새 실전에 쓸 정도가 되었다면? 늘 최악을 가정해야 하는 거 아닌가?"

"그들은 핵미사일로 반격할 시간을 가질 수 없습니다. 노동이든 무수단이든 화성이든 미사일에 액체 연료를 쓰기 때문입니다."

"액체 연료를 쓰면 왜?"

"액체 연료는 등유에 다량의 액화산소를 섞는 건데, 이 액화산소는 섭씨 영하 183도 이하에서만 운반과 보관이 가능하므로 평소 미사일에 넣어두면 기화해 날아가버립니다. 그렇기 때문에 영화에서 보듯 버튼만 누르면 핵미사일이 날아가는 게 아니라 발사 직전 미사일의 크기에 따라 약 한 시간에서 네 시간가량 연료 주입 시간을 필요로 합니다. 따라서 우리가 먼저 철저히 때리면 완전히 무력화할 수 있습니다."

"우리의 타격에서 벗어나 있으면?"

"타격과 동시에 동원 가능한 감시 위성을 전부 북한에 집중시키고 에이왁스를 비롯한 공중 감시기와 레이더함, 기타 육해상 감시 레이더를 총집중시키면 우리가 모르는 새 미사일 연료를 주입할 수 없습니다. 일단 타격이 시작되면 모든 미사일 기지와 차량을 사전에 다 때리지만 이를 벗어나 꿈틀

거리는 게 있더라도 3분에서 5분이면 우리 전폭기가 날아가기 때문에 북한군은 시간을 확보할 수 없습니다."

"그럼 뭐가 문제 되는 거지? 100만이 넘는 정규군의 남침?"

"정규군은 움직이지 못합니다."

"왜?"

"북한군의 일거수일투족은 1호 지시를 받아야만 움직일 수 있습니다. 즉 김정은의 지시 없이는 꼼짝도 할 수 없다는 얘깁니다. 하지만 김정은은 우리의 선제공격에 따라 이미 사망하거나, 벙커에 숨어 있다고 해도 우리가 공중 폭격으로 벙커 입구를 완전히 봉쇄해버리기 때문에 살아 있어도 죽은 거나 다름없습니다. 통신시설 또한 완전히 망가져버려서 어떤 지시도 내릴 수 없습니다."

"그래도 지시를 내린다면?"

"정규군이 한 발짝이라도 떼는 순간 B-2 스텔스, B-1B 랜서, B-52의 집중 폭격을 받기 때문에 궤멸됩니다. 그래도 이들이 휴전선을 넘으려 하면 B61-12로 완전히 지구상에서 없애버립니다."

"B61-12는 뭔가?"

"최근에 개발 완료한 디지털 핵폭탄입니다. 80계열의 핵폭탄들은 피폭 범위가 워낙 넓은 데다 방사능 낙진도 많이 발생해 아군이나 우방도 피해를 입을 가능성이 있는 반면, 이 61계열의 350킬로그램짜리 소형 폭탄들은 족집게처럼 목표물만 정밀 타격하며 낙진도 거의 안 생깁니다. 위력도 0.5킬로톤에서 150킬로톤까지 임의로 조정할 수 있습니다."

"150킬로톤이라고? 내 기억이 틀리지 않는다면 히로시마에 투하된 핵폭탄이 아, 그게 뭐였지 이름이? 팻 맨이었던가?"

"팻 맨은 나가사키에 투하된 것으로 20킬로톤, 히로시마에 투하된 건 15킬로톤으로 리틀 보이란 별칭으로 불렸습니다."

"리틀 보이는 이름이 그렇다는 거지, 무게가 수십 톤이나 나가지 않았나?"

"그렇습니다. 40톤이 조금 넘었습니다."

"허, 그런데 350킬로그램짜리 소형 폭탄들이 40톤짜리보다 음, 보자. 무려 일곱 배가 넘는 위력을 낸다고?"

"그렇습니다. 이런 걸 북한군 군단마다 하나씩 안기면 끝장입니다."

"그럼 북한의 반격을 그리 무서워할 필요는 없는 거 아닌가?"

"공격 초기 한국 대통령이 방사포와 장사정포 궤멸 작전을 막지만 않는다면 겁낼 일이 없습니다."

"그건 우리 항모에 있는 함재기로는 못 하나?"

"할 수는 있지만 100퍼센트 위력을 낼 수는 없습니다. 아무래도 휴전선 부근에 밝은 주한미군이나 한국군 전투기들이 월등합니다."

"그것 참. 일단 그 문제는 버려두고 우리의 작전 계획 전체에 대한 설명을 듣고 싶네. 놈들의 핵과 미사일 개발을 완전히 초토화시키는 대형 블록버스터 얘기를 들려주게."

11.

트럼프

　"두 가지로 생각할 수 있습니다. 먼저 한국군의 도움을 받는 경우입니다."

　"개떡 같은!"

　트럼프의 입에서 욕지거리가 터져 나왔다. 그는 북핵 제거의 최고 수혜자는 한국인데 한국이 찬성하지 않는다는 사실에 핏대가 오를 대로 올라 있는 중이었다.

　"항공모함 로널드 레이건과 존 스테니스, 그리고 칼 빈슨을 출동시킬 예정입니다."

　"왜 그것밖에 출동하지 않는가? 니미츠도, 엔터프라이즈도 있잖아."

　"이 세 척만으로도 충분합니다. 물론 각 항공모함마다 함재기 약 100대 이외에도 서너 척의 이지스 구축함, 순양함, 오하이오급 핵잠수함 등 숱한 전단이 따릅니다. 항모에는 B61-11 수십 발이 탑재되어 있고, 핵잠수함에는 크루즈 미사일이 무려 154기나 탑재되어 있습니다. 각 함재기들 또한 토마호크 순항미사일로 무장되어 있고 이외에도 공대지 미사일, 공대공 미사일 등 막강한 화력이 장착되어 있습니다."

"순항미사일이란 저절로 알아서 간다는 뜻인가?"

"그렇습니다. 마치 무인 비행기같이 좌표와 시간만 입력하면 공중을 마음대로 떠돌아다니다 입력된 정확한 시각에 입력된 정확한 목표물을 타격하는 것입니다."

"그러면 각각 다른 시각에 미사일을 발사해도 같은 시각에 목표물을 때린다는 얘기야?"

"그렇습니다."

"햐아, 그거 멋진데! 그럼 500발을 쏘면 500발이 모두 일시에 타깃을 때리나? 각각의 타깃이 한참 떨어져 있어도?"

"바로 그렇습니다."

"하나는 평양에, 하나는 풍계리에?"

"그렇습니다."

"놈들은 쥐도 새도 모르게 일시에 맞을 수밖에 없나? 먼저 맞는 놈이 없으니 어디서 연락도 받지 못하고?"

"게다가 초기에 북한으로 들어가는 작전기들은 B-2와 F-22 랩터입니다. 모두 스텔스라 눈에 보이지도, 레이더에 잡히지도 않으니 적은 명청하게 있다 순간적으로 풍비박산 날 수밖에 없습니다."

"그거 멋진데."

"더군다나 스텔스기가 먼저 북한 상공에 EMP탄을 터뜨립니다. 모든 전자기기와 통신이 먹통이 되기 때문에 서로 간 피해 상황도 알릴 수 없고, 김정은이 죽었는지 살았는지도 모릅니다."

"그 첫 공격으로 김정은을 죽일 수도 있나?"

"핵기지, 미사일 기지, 무기제조 공장, 공군기지, 해군기지, 육군의 모든 군단 외에 평양의 김정은 집무실, 초대소, 기타 의심 지역과 벙커까지 한 번에 다 때리기 때문에 첫 공격에 사망할 가능성도 상당히 있습니다."

"자식이! 뭐, 날 보고 늙다리 미치광이라고! 이봐 본부장, 공격이 시작되면 첫 발로 그 철없는 로켓보이 녀석을 골로 보내버려!"

"명심하겠습니다."

"그 작전을 내가 여기 워룸에서 지휘하게 된단 말이지?"

"그렇습니다."

"오바마가 빈 라덴 작전 지휘하듯."

"이 워룸이 오바마 대통령께서 지휘하셨던 바로 그 방입니다."

트럼프는 주변을 한 번 휘둘러보고는 만족한 웃음을 띠며 계속하라는 손짓을 했다.

"이때 핵 관련 시설은 다 박살 나지만 확인 사살을 위해 B-1B와 B-52가 김정은의 은신처와 핵시설 등 주요 목표물을 다시 융단 폭격합니다. 이때 단 한 발이라도 북한의 미사일이 날아오면 즉각 좌표가 입력되기 때문에 공대지 재즘 미사일과 GPS가 장착된 토마호크 미사일이 바로 날아가 그 지점을 잿더미로 만들 것입니다. 또한 F-22가 항시 대기하고 있어 적은 꼼짝달싹할 수 없습니다."

"적의 미그기는?"

"모든 공군기지와 활주로, 레이더가 900개 공격 목표 안에 잡혀 있어 첫 공격과 동시에 다 초토화됩니다. 즉 미그기는 아예 뜰 수도 없습니다. 뜬다 하더라도 상대를 보지도 못한 채 어디서 날아왔는지도 모를 미사일에 바로 격추됩니다."

"미사일과 폭격기 공격만으로도 모든 작전이 다 끝난다는 말인가?"

"주요 핵시설엔 우리 특수부대가 들어가 완전히 확인 파괴

합니다. 그리고 무엇보다도 김정은과 수뇌부의 소재를 파악해 B61 벙커버스터로 명을 끊어버립니다. 그리하여 다시는 핵개발은커녕 선군이니 뭐니 하는 우스운 짓을 못 하게 합니다."

"그런데 한국군이 참여하지 않으면 작전이 바뀌나?"

"선제타격 시 한국 공군기 300대의 도움을 받지 못하고 한국제 현무나 독일제 타우루스 미사일이 공격에 가담하지 않게 됩니다. 하지만 이것은 별 문제가 아닙니다. 항공모함 외에도 괌과 오키나와, 요코스카 그리고 우리 본토에서 증원받으면 되니까요. 하지만 아까도 얘기했듯이 서울을 비롯한 수도권의 2,500만 시민이 개전 초반에 방사포와 장사정포에 노출되는 게 가장 큰 문제입니다."

"그 방사포가 숨어 있는 벙커인지 갱도인지 터널인지를 선제타격으로 먼저 쓸어버릴 수는 없단 말이지?"

"현재 땅굴을 비롯해 그런 지하시설을 집중적으로 체크하고 있지만 워낙 은폐가 잘 되어 있어 사전에 처리하기가 쉽지 않습니다. 놈들의 포가 진지에서 나오고부터 발사까지 걸리는 시간이 10분 이내인데 이때 연합사 공군기들이 때려잡는 게 최선입니다. 그랬을 경우 인명 피해를 최소한으로 줄일 수 있지만, 만약 한국의 문재인 대통령이 협조를 하지 않아 골든타임을 놓치게 되면 수십만까지 인명 피해가 날 수도 있습니다. 이것은 서울에 핵폭탄이 떨어지는 것 못지않은 피해입니다."

트럼프는 문재인이라는 이름만 나오면 인상을 찌푸릴 대로 찌푸렸다. 이걸 보고 있던 틸러슨이 의아하다는 듯 고개를 한 번 가로젓고는 물었다.

"각하. 지난번 문재인이 워싱턴에 왔을 때는 메르켈이나 아베 포함해 그 누구보다도 환대하지 않았습니까? 그 후 독일이나 뉴욕에서 만났을 때도 마찬가지였고요. 서울에 갔을 때는 아베보다도 뜨겁게 포옹했고요. 그래서 항간에서는 두 분이 아주 친하고 서로를 잘 이해하며 지지하는 줄로 알고 있습니다."

"내가 뭐 시진핑하고는 안 끌어안았나?"

틸러슨은 어깨를 약간 추켜 보였다.

매티스 국방장관이 결론을 내리듯 잘라 말했다.

"한국군이 협조하든 않든 군사적 측면에서만 봤을 때는 최고 수준의 작전으로 김정은과 핵무기를 완벽하게 제거할 수 있습니다. 설사 김정은이 살아남는다 하더라도 이미 모든 걸 잃은 패배자일 뿐입니다. 이외에 좀 더 제한적인 옵션들에 대해 말씀드리겠습니다."

매티스가 전략본부장에게 눈짓을 했으나 트럼프가 손을 들어 제지했다.

"됐어, 됐어."

그는 자리에서 일어나며 대단히 흡족한 얼굴로 국방장관과 국무장관 그리고 여러 참모들과 전략본부장에게 일일이 악수를 청했다.

"시시한 공격은 오히려 말썽을 부를 뿐이야. 조지려면 확실히 조져야지, 아니면 오바마 짝이 나. 나는 최고 수준의 전면공격을 선택하겠어. 자네들은 언제든 바로 공격을 할 수 있도록 만반의 준비 태세를 갖추게. 내가 이 워룸에 다시 들어오는 바로 그 순간부터 한 시간 안에 북한의 모든 걸 완전히 파괴해버리는 거야. 저항하면 B61을 있는 대로 써도 좋고, 한 방에 날려버릴 수 있는 대형 핵탄두를 써도 좋아. 개 같은 자식, 어린 새끼가 날 보고 늙다리 미치광이라고. 하지만 내가 나의 분노 때문에 이러는 게 아냐. 지금 미국은 세계의 조롱거리가 되고 있어. 감히 미국 본토를 불바다로 만든다는 놈에게 미국이 어떤 나라인지 보여주어야만 해. 알겠나, 여러분."

워룸에 모인 지휘관들은 일시에 일어나 우렁찬 목소리를 토해냈다.

"명령만 내리십시오, 대통령 각하!"

국방부 관리들과 각군 참모총장들이 돌아가고 나자 틸러슨은 집무실로 트럼프를 찾았다.

"어서 와, 렉스."

"도널드, 그런데 한국 대통령 문제를 해결하지 않고 공격한다는 건 어딘지 내키지 않아요. 공격이 그런 모양새가 되면 우리의 명분도 약해지고, 또한 한국 국민의 희생이 너무 많아지면 비록 북한 핵을 제거하고 김정은을 사지로 몰더라도 성공적인 공격으로 평가받을 수 없어요."

"나도 알아."

"제가 서울로 날아가서 문재인 대통령을 설득할까요?"

"그가 듣겠나?"

"다만 몇 시간이라도 장사정포와 방사포에 무고한 국민들이 노출된다는 점을 주지시키면 당연히 돌아서지 않을까요?"

"그러면 그가 이제까지의 미국 공격 반대에서 갑자기 공격 찬성으로 돌아서야 하는데 그럴 경우 그의 정치적 입지가 엉망이 되지 않겠나? 돌아서는 즉시 안보 무능력자로 낙인찍혀 설 곳이 없는데 그가 그런 걸 할 수 있겠어?"

"그라면 할 수도 있을 겁니다. 착한 대통령이라는 별칭은 진실을 향해서만 달려온 그의 역정에서 나온 것일 테니까요. 국민이 북한의 방사포에 무방비로 노출된다면 모든 걸 내려놓고 돌아설 사람입니다."

"사람 자체는 믿음이 가. 아베와는 됨됨이가 다르지. 하하하하! 일전에 베를린에서 말이야. 하하하하!"

트럼프는 한참 웃고 나서 말을 이었다.

"아베가 세련되고 당당하며 뚜렷한 소신이 있는 데 반해 이 문재인은 어딘지 무뚝뚝하고 답답해 보였는데, 심리학자들이 매긴 점수에서 아베는 신뢰도가 겨우 36점 나왔다더군. 그런데 이 친구 문은 83점이야. 아마 거기 모인 정상들 중에서 메르켈과 같이 제일 높았을걸."

"우리가 북한 핵을 공격할 경우 한국인들에게는 두 가지 선택지가 있습니다. 모든 걸 미국 탓으로 돌리면서 동맹을 깨거나, 아니면 우리와 같이 북한의 핵과 김정은을 끝장내거나."

"그런데 동맹을 깨는 게 낫다는 놈들 생각은 도대체 이해할 수가 없어. 우리가 물러나면 남한은 경제부터 안보까지 왕창 무너지고, 북한의 침공에 벌벌 떨며 하루하루 불안하게 살게 될 텐데 그게 눈에 안 보이나?"

"그들은 남북이 통일하고 중국을 섬기며 사는 게 낫다고 생각하는 겁니다."

"괘씸한 놈들이야. 우리가 생명과 재산 바쳐 안보 지켰지, 돈 벌게 해줬지, 그런데도 하나 고마워하는 거 봤어? 오히려 우리가 통일에 장애가 되니 어쩌니 하는 소리나 해대고. 도대체 왜 중국 놈들이 장애가 된다는 얘긴 한 마디도 안 나오는 거야. 그래, 어차피 이제 한국은 내다버린 나라야. 문재인이 협조하고 안 하고는 상관하지도 마. 우린 우리 힘으로 치면 되니까. 그리고 주한미군 싹 빼버려. 우리가 전쟁하는데 우리 군대를 못 쓰게 하는 놈들을 어떻게 우리 편이라고 할 수 있겠어? 이제 중국 놈들 한번 섬겨보고 중국 놈들이 얼마나 지독한지 맛 좀 보게 해. 시진핑이는 나한테 한국이 자기네 속국이라 그러던걸."

"각하, 그렇게 감정으로 대할 일이 아니고 한국은 그래도 우리가 세계에서 공산주의와의 대결에서 건져낸 나라들 중에서 유일하게 성공한 나라입니다. 70년간 아시아 최고의 우방이기도 하고요. 게다가 중국을 견제할 교두보입니다."

"자네는 한국이 그리도 좋은지 모르겠지만 여하튼 나는 한국이 미워."

"각하도 지난번 아시아 순방 후 한국이 가장 따뜻하게 대해줬다 하지 않았습니까? 한국인들은 대개 우리 미국을 좋아하고 고마워합니다. 문재인 대통령도 집권 초기와는 입장이 많이 달라져 차츰 우리 쪽으로 다가오고 있습니다. 처음에는 제재보다 대화를 주장했지만 요즘은 대화할 때가 아니라며 강력한 압박에 동참하고 있지 않습니까?"

"요즘 와서 자기 참모들과는 좀 달라지긴 했지. 그래서 더 고민이야. 저 방사포 같은 것들이 말이야."

12.
그랜드 케이맨 뱅크

　워싱턴으로 돌아온 인철은 몸을 추스르고 붕대를 완전히 떼어낸 후에야 본부로 복귀했다.

　인철은 본래의 출장 목적인 세계은행의 지원금 유용에 관한 상세한 실태보고서를 내밀었으나 김용 총재의 관심은 이미 다른 곳에 꽂혀 있었다. 번갯불에 콩 볶듯 10억 달러라는 잔고증명을 만들어 보낸 사건에 총재의 모든 관심이 쏠리는 건 당연한 일이었다.

　"그래, 돈 주인이 누구인지 알아냈나?"

　"약간의 단서를 잡은 상태였지만 그쪽에서 눈치를 챈 것 같습니다."

　"자네는 무사했고?"

"네. 위험은 없었습니다."

인철이 제3인베스트먼트의 자금이 셰일 석유에 투자된다고 하자 총재는 얼굴을 찌푸렸다.

"셰일 석유가 미국 경제의 새로운 희망이 되고 있는 마당에 그걸 조사할 수는 없어."

"그러나 총재님. 누구의 것인지 알 수 없는 거대한 자금이 환치기를 거쳐 케이맨으로 들어가는 걸 못 본 채 눈감고 있을 수만은 없습니다."

"세계은행은 범죄를 조사하는 곳이 아니야. 우리는 우리 일만 하면 돼."

"세계의 돈이란 돌고 돕니다. 결국 우리 일입니다."

"케이맨 얘기는 하지 말게. 이미 미국 사회는 파나마 페이퍼 파동을 겪었잖아. 다시 한 번 그 격랑 속으로 말려 들어가면 어떤 일이 생길지 몰라. 수백 명이 다치는 건 물론이고 나나 자네나 끝장이야."

"그래도 의미 있는 일 아닙니까?"

"그건 정치야. 더 이상 금융이 아니란 말이야."

김용 총재가 기겁을 하는 걸 보며 인철은 파나마 페이퍼 사건의 기억을 떠올렸다.

'파나마 페이퍼스 사건'은 2016년 4월 3일 처음 공개된

희대의 폭로 사건이었다. 세계 각국의 전·현직 정치인, 유명 인사들의 조세 회피 관련 정보들이 포함돼 있어 국제적으로 엄청난 충격과 반발을 불러왔다.

일의 시초는 파나마에 있는 모색 폰세카라는 로펌의 서류들이 유출되면서부터였다. 특별한 산업 기반도 전혀 없는, 세상에서 가장 외진 곳 중 하나인 파나마에 있는 한 로펌의 자료는 온 세상을 한 손에 쥐고 흔들었다.

유출된 서류에 이름이 나온 당시 아이슬란드 현직 총리가 사임해야만 했고, 영국의 캐머런 총리는 취임 4개월 전에 역외펀드 주식을 소유한 사실을 자백했기 때문에 위기를 넘겼다. 중국 배우 성룡, 축구 스타 메시, 할리우드 여배우 엠마 왓슨의 이름도 들어 있었다.

파나마 페이퍼에는 한국 사람의 이름도 200여 명이 들어 있다는 것이 한국 언론에 보도되었고, 전직 대통령과 이건희 회장을 비롯한 재벌들이 연루되었다는 추측들이 난무했지만, 결국 하나도 밝혀지지 않은 채 흐지부지되었다.

하지만 전 세계 유명인들이 등장한 파나마 페이퍼에 미국인은 단 한 명도 없었다. 물론 이것은 CIA를 비롯한 미국의 기관들이 혼신의 힘을 다한 결과였지만 미국 사회 내부에서의 보이지 않는 충돌은 엄청났다.

"잡초 한 포기 뽑자고 온 정원의 잔디를 다 파헤칠 수는 없어. 만약 케이맨이나 버진 아일랜드의 비자금이 모두 공개되면 세계는 다시 공산주의로 돌아갈 거야. 그러니 페이퍼 공개 운운하는 얘기는 앞으로 뇌리에서 싹 지워버려!"

"그러나 그것이 우리의 할 일인데요. 더군다나 아랍의 자금입니다. IS의 사라진 돈일 수도 있다는 판단입니다."

인철이 아랍과 IS를 거론하자 김용 총재는 크게 위축됐다. 국가 안보라는 측면에서 도저히 간과할 수 없는 일이라 그는 한동안 생각하다 결론을 내렸다.

"자네에게 전담 요원들을 주겠네. 몇 사람이나 필요한가? 그리고 예산도 원하는 만큼 주겠네."

인철은 잠시 생각하고는 대답했다.

"사람은 없을수록 좋습니다. 혼자 하겠습니다."

"가능할까?"

"이 일은 보안이 생명인데 상대는 큰돈을 가진 사람이고 큰돈은 사람을 현혹시킵니다. 혼자 하는 게 가장 안전합니다."

"알았네. 시간도 돈도 마음대로 쓰게. 굳이 출근할 필요도, 보고할 필요도 없어. 하지만 절대로 우리 둘만 이 일을 알아야 하네. 그렇지 않으면 자네는 해고야."

"알겠습니다."

다시 돌아온 워싱턴 하늘에는 벌써 짙은 가을의 빛깔이 스며들어 있었다. 워싱턴 모뉴먼트 건너편으로 드러난 맑고 높은 하늘을 올려다보는 인철의 뇌리에 비엔나의 풍경이 파노라마처럼 스쳐 지나갔다. 도나우 강, 훈데르트바서 기념관, 자허 호텔의 초코 케이크, 바 사프란. 모두 최이지 박사와 같이 다녔던 곳이었다.

이지.

마치 꿈속에서 만났다 헤어진 듯한 여자. 인철은 무엇보다 최이지 박사에게 제대로 마음을 표현하지 못하고 온 것이 못내 아쉬웠다. 처음 본 순간부터 마음을 빼앗겼고 말로 표현할 수 없을 만큼 사랑하면서도 정작 쓸데없는 말만 하고 온 것이 그저 후회스럽기만 했다. 경제학 전공에 MIT의 핵물리학 박사 학위까지 갖고 있다는 게 믿어지지 않을 만큼 순수하고 청초하기만 한 이지는 자신을 어떻게 생각하고 있을까?

비엔나에 오면 무조건 자허 토르테를 먹어봐야 한다며 이지가 데려갔던 자허 호텔 커피숍. 하필이면 거기서 미국으로 돌아간다는 말을 했어야만 했을까. 흔들리던 이지의 표정.

이내 표정을 바꾸고 토해내던 씩씩한 음성. 그 씩씩했던 음성이 이제 와서는 오히려 가슴을 더 아프게 할퀴고 드는 것이었다. 케이크도 먹는 둥 마는 둥 서둘러 일어서며 공항에 나가지 못한다던 어색함. 이지와의 마지막 만남은 엉망으로 끝났고, 그것은 모두 자신의 잘못이었다.

인철은 1분 1초도 머릿속을 떠나지 않는 이지에 대한 안타까움에 비엔나가 있는 하늘 저편을 향해 뼛속으로부터 우러나는 절규를 나직이 토해냈다.

"이지, 내가 잘못했어요. 죽이 되든 밥이 되든 비엔나를 떠나지 않는 건데…… 보고 싶기만 해요."

인철은 이지가 그리울수록 이브라힘의 자금 조사를 빨리 마쳐야 한다고 마음을 다잡았다.

인철은 충분한 시간을 가지고 요트아베에서 넘겨받은 요한슨의 거래 내역을 치밀하게 분석했다. 마빈이 몰랐던 자금의 주인을 요한슨이 알았다면 그것은 주식이나 현물 거래, 또는 수익금과 원금의 흐름을 통해서였을 것이다.

'씨씨'라는 폴더에는 제3인베스트먼트와 요트아베의 계약서, 그리고 투자와 주식 거래 내역이 담긴 문서들이 잔뜩 들어 있었다. 자료의 양이 많아 복잡하긴 했지만 거래 내역은 놀랄 정도로 자세하고 정확해 자금의 흐름을 한눈에 파악할 수 있었다.

"이건 참!"

충분한 시간을 갖고 제3인베스트먼트의 자금을 세세히 들여다보던 인철은 시드머니 총책이 눈에 들어오자 다시 한 번 탄식을 내뱉지 않을 수 없었다. 3억 유로에 불과했던 시드머니를 전적으로 러시아 국영가스공사에 투자해 열 배인 30억 유로로 불린 걸 어떻게 받아들여야 할지 몰랐다. 상상으로도 불가능한 일이 현실에서 일어났고, 잔뜩 배를 불린 이 돈은 근래 들어 미국의 셰일 석유회사들로 당당하게 이동한 것이었다.

제3인베스트먼트는 케이맨 제도의 그랜드 케이맨 은행에 계좌를 갖고 있어 투자 수익금을 모두 그 계좌에 착착 쌓아두고 있었다. 인철은 이브라힘이라는 이름이 제3인베스트먼트는 물론 케이맨 은행의 거래 개설자로 등장하는 것을 보고는 그가 자금의 실소유주는 절대 아니라는 결론을 내릴 수 있었다.

자신의 정체를 숨기고 싶어 하는 돈 주인이 눈에 띄게 자신을 드러낼 리는 만무했다. 그러나 파일을 아무리 뒤져봐도 돈의 실제 주인이 누구인지 짐작할 수 있는 단서는 아무것도 없었다.

　자금은 제3인베스트먼트와 요트아베에서 설립한 수많은 페이퍼 컴퍼니들 사이에서 복잡하게 돌아다녔다. 모두 페이퍼 상의 거래로 이루어졌고, 돈 소유주의 꼬리를 자르기 위해 최대한 여러 단계로 복잡하게 꾸며져 있었다.

　수많은 허위 거래 후에 실제 돈은 오스트리아나 독일, 또는 제3국 어딘가를 통해 실제로 투자가 이루어지는 마지막 단계에서 움직였고, 이 거래 후에는 어떠한 검은 자금도 이미 하얗게 세탁이 되어 있었다.

　자금 추적에 일가견이 있는 인철로서도 이 복잡한 메커니즘 앞에서는 혀를 내두르지 않을 수 없었다. 그러나 모래사장에서 바늘을 찾아낸다는 집념으로 모든 거래를 빠짐없이 체크하던 인철은 통상의 거래와는 다른 두 종류의 거래 내역을 집어냈다.

　하나는 요트아베에서 300만 유로가 현금으로 인출될 때 따로 두 사람의 여행경비로 5만 유로가 계상되어 있는 것이었다. 거래 내역으로 유추해볼 때 두 사람이 현금 300만 유로와 여행경비 5만 유로를 가지고 러시아 소치로 여행했다는 그림인데 굳이 돈의 용도를 써놓았다는 것이 통상의 거래와 달랐다. 잠시 생각하던 인철은 이것은 돈을 맡긴 자금주

측이 아니라 관리하던 요트아베의 누군가가 돈을 썼기 때문에 발생한 현상이라고 판단했다.

또 하나는 그랜드 케이맨 은행에서 이따금씩 인출된 거액의 현금이었다. 200만 달러씩 열세 번, 2천만 달러씩 두 번, 합계 6천 600만 달러가 인출되었는데 200만 달러는 매달 한 번씩 정기적으로 인출되고 있는 것으로 보아 이브라힘이 용돈이나 경비 등으로 쓰는 것으로 추측해볼 수 있었다. 2천만 달러씩 두 번 인출된 뭉칫돈들은 어딘가 비밀스런 곳에 쓰인 걸로 보였다.

인철은 먼저 비엔나의 슈나이더 총재에게 전화를 걸었다.

"총재님, 6개월 전 요트아베에서 300만 유로를 현금으로 들고 러시아 소치로 여행한 두 사람이 있습니다. 이 내용을 좀 알아봐주시기 바랍니다."

슈나이더 총재는 곧바로 전화를 걸어왔다.

"요트아베 회장과 요한슨이 300만 유로를 들고 소치에서 열린 1520포럼에 다녀왔다는군."

"넷?"

의외의 소득이었다. 남의 돈을 관리하는 요트아베 사람들이 300만 유로를 들고 소치로 갔다면 이것은 자의적으로 할 수 있는 일이 아니었다. 분명 이브라힘이든 마빈이든 돈 주인의 지시를 받아서 한 일일 테고, 이것은 처음으로 드러나는 돈 주인의 흔적이었다.

"왜 갔다고 합니까?"

"그 포럼의 스폰서를 한 것이라고 해."

"스폰서요? 누가 주최한 포럼이죠?"

"알렉산드르 주코프. 러시아 철도회사 사장이야."

"300만 유로라는 큰 스폰서 금액으로 보아서는 돈 주인과 주코프 사이에 만만치 않은 관계가 있다고 봐야 할 것 같아요."

"요트아베 회장은 거기 가서 주코프의 대리인에게 돈을 전달한 후 신나게 먹고 마시고 놀고 왔다는군."

"300만 유로라는 거금을 가지고 갔는데도 그걸 주코프 본인이 아닌 대리인에게 줬다면 주코프란 사람이 보통은 아닌 모양이군요. 그런데 그 1520포럼이라는 건 어떤 모임이랍니까?"

"1520은 러시아의 철로 간격이야. 소위 광궤라고 한다는군. 다른 나라들이 그보다 좁은 표준궤를 쓰는 데 반해 러시아와 그 영향을 받는 나라들만 광궤를 쓴다는 거야."

"한마디로 러시아 철도인들의 모임이군요."

"그런데 중국을 제외한 러시아 이남의 거의 모든 나라들이 광궤를 쓰기 때문에 러시아 철도인이 아니라 국제 철도인 모임이야. 무려 16개국의 철도 마피아들이 왔다더군."

"여하튼 돈 주인이 무슨 의도로 1520포럼에 그런 거액을 희사했는지는 몰라도 러시아 철도회사 사장인 주코프와 결코 무시할 수 없는 관계를 가진 건 확실해 보입니다. 감사합니다. 다시 연락드릴게요."

"그래, 몸조심하게."

인철은 일단 이 사실을 기억 속에 넣어두기로 하고 그랜드 케이맨 은행의 거래와 관련해 어떻게 돈의 흐름을 밝힐 것인지 고심했지만 계좌 추적 등의 방법으로는 도저히 알아낼 수 없다고 판단했다.

물론 아무리 그랜드 케이맨 은행이라 하더라도 범죄 의심이 가는 증거를 미국 법정에 들이대고 고객 명단의 인도를 요청할 수는 있어도, 미국의 판사들은 테러와 같은 특별하고 확고부동한 증거가 없는 한 조세피난처의 은행들을 상대로 함부로 방망이를 두드리려 하지 않았다.

인철은 상대를 포착할 수 있는 유일한 방법은 그랜드 케이맨 은행 문을 지키고 있다가 현금 뭉치를 들고 나가는 사람들을 추적해 그 돈뭉치가 제3인베스트먼트의 돈 주인과 연관되어 있음을 밝히는 방법밖에 없다는 사실에 실소를 머금었다.

인철은 이브라힘의 계좌에서 주기적으로 현금이 인출되는 날짜에 맞춰 그랜드 케이맨 섬으로 가는 비행기 표를 끊었다. 현장을 목격한다 해도 해볼 수 있는 일은 아무것도 없을 테고, 그들이 돈을 갖고 나와 대기하고 있는 자동차를 탄다면 불과 10초 정도 그걸 멍하니 바라보는 게 전부이겠지만 그렇게라도 해보고 싶었던 것이다.

13.
아이린

케이맨 제도.

고등학교 시절 세계 지리를 공부할 때 언뜻 스친 기억이 있을 뿐, 생면부지나 다름없는 나라라 인철은 악명 높은 이 나라가 과연 어떤 나라인지 세계은행의 국가 자료들을 검색해보았다. 쿠바의 남쪽에 자리 잡은 영국령 섬나라로 3개의 섬으로 구성되어 있으며, 가장 면적이 크고 인구가 많은 그랜드 케이맨 섬도 길이가 35킬로미터, 최대 너비가 13킬로미터밖에 안 되는, 한국의 강화도보다도 작은 섬이었다.

전체 5만여 명의 인구 중 절반이 그랜드 케이맨 섬에 있는 수도 조지타운에 모여 살며, 인구의 25퍼센트가 영국계이고 영어가 공용어였다. 구글 같은 데서 나오는 자료라면 카리

브 해의 아름다운 풍광 덕분에 관광으로 먹고사는 나라라고 소개돼 있을 것이었다. 천국처럼 아름다운 이미지 사진들과 함께.

그러나 세계은행은 관광으로 먹고산다는 이 나라의 숨겨진 얼굴을 너무나 잘 알고 있었다. 케이맨 제도는 비밀 계좌를 보장하는 은행법과 조세 도피의 길을 열어놓은 조세법 때문에 검은 순환을 원하는 세계 각국의 자금들이 몰려들어 금융업이 융성한 나라이다.

이 나라에선 수입품에 대한 관세를 제외하고는 어떠한 세금도 없다. 세계 각국의 슈퍼 리치들이나 기업들이 케이맨 제도에 서류상 회사를 만들어놓고, 이 회사가 실제로 영업을 하거나 투자를 한 것처럼 회계 처리를 해 본국에서 내야 할 세금을 회피하려는 것이다.

이런 사실을 방증하듯 케이맨 제도에는 인구보다 기업의 숫자가 더 많다. 세계 각국의 280여 개 은행, 800여 개나 되는 보험회사, 560여 개 자산운용사와 함께 8만여 개의 기업이 등록되어 있다. 작은 건물 하나에 서류상 입주 기업이 1만 개가 넘는 곳도 있으니, 말만 기업이지 직원 한 명도 없는 페이퍼 컴퍼니들인 게 뻔할 수밖에 없었다.

로펌, 회계법인, 조세 컨설팅 회사에는 언제라도 이런 일들을 합법적으로 처리하기 위해 세계 최고의 도사급 변호사나 회계사들이 대기하고 있다.

인철은 세계은행에 특별조사요원으로 입사 후 조세피난처에 관한 교육을 받을 때만 해도, 자신이 이런 일에 이렇게 깊숙이 개입될지는 상상하지 못했다. OECD가 케이맨 제도처럼 세금이 없거나 아주 적고, 자금 흐름이 불투명한 30여 개국을 조세피난처로 지정했지만 여전히 이들 조세피난처에 들어간 돈은 32조 달러에 달하며, 조세피난처 때문에 세계 각국이 입는 세수 손실이 한 해 2,800억 달러가 넘는다는 추정치도 있는 터였다.

그러나 인철은 꼭 이들 조세피난처로 지정된 국가들만을 나무랄 수 없다고 생각했다. 자신이 비엔나에서 경험한 것처럼, 소위 선진국으로 불리는 서유럽 국가들도 이런 문제들로부터 자유로울 수가 없는 것이다.

은행의 엄격한 비밀주의, 법인 실소유주의 익명성 보장에 유리한 회사법과 부자들을 위해 모든 것을 다 할 준비가 되어 있는 뛰어난 변호사와 회계사들, 게다가 이런 상황을 적당히 눈감아주는 우호적인 정치인들은 유럽에도 널려 있었다. 오히려 자유로운 법치국가라는 국제적 위상을 갖추고 동유럽을 겨냥한 교두보로서 많은 글로벌 기업들이 활동하고 있는 유럽 국가들이 등잔 밑이 어둡다는 말처럼 검은 돈의 세탁에 더 적합한 장소가 되어 있기도 했다.

오스트리아, 스위스, 리히텐슈타인은 이미 오래전부터 비밀 계좌로 유명세를 탔지만 독일도 다를 바 없었다. 러시아 신흥 재벌들은 독일에 수많은 부동산을 소유하고 있고, 러시아의 국영가스회사인 가즈프롬은 겔젠키르헨의 축구 구단인 샬케 04를 인수했다. 아라비아의 부호들도 독일을 선호해왔다는 것을 알 만한 사람은 다 알고 있는 터였다.

서유럽 국가들에서도 각종 사단법인들의 소유 구조는 익명성이 보장되어 있고, 실제 소유주를 추적하는 것은 불가능에 가깝다는 것을 인철은 이브라힘의 사건에서 직접 경험하고 있는 바였다. 특히 케이맨 같은 곳은 처음부터 국책으로 의도되어 부를 창출하는 유력한 수단이 되었기 때문에 현지 정부의 도움을 받는다는 것은 기대조차 할 수 없었다.

인철은 그랜드 케이맨 섬의 오언 로버츠 공항으로 향하는 비행기에 올랐다. 뉴욕 존 F. 케네디 공항에서 직항으로 네 시간이면 가는 거리지만 백인들이 주를 이루는 관광객 틈에서 사람들의 눈에 덜 띄기 위해 인철은 비즈니스석을 끊었다. 맨 앞줄 창가 쪽 좌석에 앉자마자 눈을 지그시 감고 비엔나에서부터 지금까지의 일들을 머릿속에 곰곰이 되새겨보았다.

"하이, 멋진 분의 옆자리에 앉는 행운을 쥐게 되었네요! 우리 두 사람 모두 즐거운 여행 되기 바라요."

지나치다 싶을 만큼 명랑한 여성의 세련된 뉴욕식 영어였다. 눈을 뜨지 않을 수 없었던 인철은 금발의 젊은 여자가 자리에 채 앉기도 전에 내민 손을 잡을 수밖에 없었다.

"아이린이에요."

"저는 킴이에요."

비록 약간의 웃음을 보이며 옆자리의 여성과 인사를 나누기는 했으나 생각에 빠져 있던 인철은 생면부지의 여성과 대화를 나누는 것이 귀찮기만 했다. 처음에 확실히 거절해야 앞으로 네 시간 동안 조용히 갈 수 있겠다는 생각에 인철은 다시 눈을 감고 자는 척도 해보고, 대꾸도 하지 않고 퉁명스런 표정도 지었지만 아이린은 아랑곳하지 않았다. 어느 나라 사람이냐, 그랜드 케이맨은 처음이냐, 무슨 일로 가느냐, 혼자 가느냐 등등 재잘거리는 질문이 꼬리를 물었다.

철부지 같은 이 아가씨를 마냥 피할 수는 없겠다는 자포자기의 심정으로 어정쩡하게 몸을 튼 인철은 비로소 아이린이라고 자신을 소개한 여인의 얼굴을 제대로 보았다. 긴 금발 머리에 너무나 투명해서 어디를 보고 있는지 초점을 맞출 수 없는 하늘색 눈이 전형적인 서구 미인의 얼굴이었다. 게다가 세련된 뉴욕 억양의 영어가 누군가를 연상시켰다. 이방카 트럼프, 바로 그녀의 말투였다. 아직도 서양 사람들의 나이를 알아맞히기 힘든 인철이었지만 아이린은 삼십대 초반 정도로 보였고, 늘씬하면서도 스포츠로 다져진 듯 건강미가 넘치는 체격은 나이와 상관없이 십대 소녀의 풋풋함마저 머금고 있었다.

억지춘향 식으로 끌려들어간 대화에서 아이린은 미국 뉴욕에 살고 있고, 그랜드 케이맨에는 관광을 가는 길이며, 같이 가기로 했던 남자친구가 갑자기 일이 생겨 자기가 먼저 가지만, 며칠 후면 그 친구가 합류하기로 했다는 등의 이야기를 늘어놓았다.

아이린이 인철의 좌석 위로 몸을 굽히며 탄성을 지르는 통에 창밖을 내다보니 비행기는 어느새 오언 로버츠 공항의 상공에 다다른 모양이었다. 비행기 아래로 그랜드 케이맨 섬의 아름다운 풍광과 함께 유럽이나 미국의 중소 도시처럼 깨끗하게 정돈된 도시의 모습이 펼쳐져 있었다. 사파이어 빛 하늘 아래로 수많은 고층 건물들이 모여 마천루를 이룬 곳이 조지타운 중심부의 금융가인 것 같았고, 세계 5위의 금융 중심지라는 말이 실감이 났다. 해안선을 따라 작은 원시림에 둘러싸인 정갈한 고급 저택들이 점점이 놓여 있는 이 도시는 겉으로는 마치 파라다이스 같기만 했다.

비행기가 바다 가까이로 난 활주로에 접근하며 고도를 낮추기 시작하자, 여전히 인철 쪽으로 목을 늘이고 창밖을 내려다보던 아이린이 손가락질까지 하며 말했다.

"미스터 킴, 저 바다 색깔 좀 보세요! 완전히 에메랄드 빛이잖아요!"

과연 케이맨의 해안은 투명한 옥색 바다 물결 위로 중남미의 눈부신 햇빛이 쏟아져 내려 수천, 수만 마리의 은빛 물고기들이 팔딱이며 비행하는 것처럼 반짝이고 있었다.

"저기, 저기 시커먼 바위 같은 게 보이세요? 저게 바위가 아니고 가오리래요! 가오리! 여행사에서 알려주었어요. 케이맨 제도가 가오리의 천국이라고. 어때요? 제 덕에 좋은 정보 얻으셨죠? 호호호."

인철은 이제 비행기를 내리면 더 볼 일도 없을 텐데 싶어 어린애처럼 즐거워하는 아이린에게 미소를 지어 보였다.

'아. 이지와 여름휴가를 오는 길이라면 얼마나 좋을까.'

잠시 상념에 빠지려던 인철은 고개를 흔들며 마음의 각오를 다졌다. 남들에게는 지상 낙원이지만 자신은 이 기묘한 섬나라에서 어떠한 위험에 빠질지도 모른다. 이곳은 비엔나와는 완전히 다르다. 비엔나에서는 그림자로만 드리워져 있

165

던 이브라힘이라는 자를 이곳의 막다른 골목에서 마주칠 수도 있다. 아니 마주치기를 진심으로 원하고 있다. 마주치려고 온 것이다. 그리고 최악의 경우 죽을 수도 있다. 이 옆 좌석 젊은 여자의 흥청거리는 분위기에 휩쓸려 마음의 경계를 늦추면 안 된다.

"굿바이!"

인철은 금발 여성과 비교적 냉랭한 인사를 하고 등을 돌렸다. 택시를 타고 공항에서 멀지 않은 조지타운 시내에 도착한 인철은 우선 금융가에 위치한 그랜드 케이맨 은행을 감시할 만한 장소를 물색했다. 그랜드 케이맨 은행은 수많은 마천루 사이에서 조금 벗어난 한적한 도로변의 하얀색 5층짜리 건물 전체를 쓰고 있어 드나드는 출입구 하나만 감시하면 되었다. 마침 길 건너편에 유리창이 큰 스타벅스 카페가 눈에 띄었다. 그랜드 케이맨 은행의 출입문이 고스란히 시야에 들어와 이보다 더 좋은 장소는 없을 것 같았다.

다음 날 아침 인철이 이른 시간이라 손님도 거의 없이 텅빈 스타벅스 안으로 들어서자 귀에 익은 목소리가 큰 소리로 그를 반겼다.

"하이, 킴!"

킴은 인철이 끈질기게 이름을 묻는 아이린에게 이름 석 자를 다 알려주기 싫어서 말해준 이름이었다. 성이었지만 아이린은 그걸 이름으로 받아들이는 것 같았다.

"이처럼 이른 시간에 여긴 웬일인가요?"

"당신이야말로! 순간적으로 혹시 나를 미행했나 생각했어요?"

순간 인철은 피식 웃지 않을 수 없었다. 아이린이 먼저 와 있었다는 사실도 떠올랐지만, 아이린이 하늘색 눈에 장난기를 가득 담고 똑같이 묻고 있었기 때문이다.

"이렇게 다시 만난 것도 인연이니 우리 모닝커피나 함께합시다."

"커피는 내가 살게요. 블랙 진하게?"

"좋아요. 그런데 그걸 어떻게……."

"기내에서 스튜어디스에게 계속 그렇게 말했잖아요. 아메리카노 블랙 진하게."

"아, 그랬나요."

"커피 가져올 테니 창밖이나 잘 지키세요!"

던지듯 말하며 커피를 주문하러 카운터로 향하는 아이린의 뒷모습을 바라보던 인철의 온몸에 갑자기 소름이 쫙 끼쳤다. 창밖을 지키라는 말도 그렇지만 장교 출신인 인철은 그녀의 재킷 허리춤으로 불룩 튀어나온 실루엣이 무엇인지를 감지했던 것이다.

권총.

그것은 분명 권총이었다.

저 금발 여성의 정체는 무엇인가! 그랜드 케이맨으로 오는 비행기에서 옆자리에 찰싹 달라붙어 앉았던 것부터 인철의 노골적인 거부 몸짓에도 계속 말을 걸어온 일, 지나치게 명랑한 목소리와 태도, 돌이켜보니 무엇 하나 이상하지 않은 것이 없었다. 긴 청바지와 흰 티셔츠 위에 베이지색 리넨 재킷을 걸친 오늘의 옷차림만 보아도 금발에 하늘색 눈의 팔등신 미인이 세상에서 가장 아름답다는 카리브의 해변에 관광 오는 차림새는 아니었다. 게다가 권총까지……

갑자기 그녀의 모든 것이 다 의심스러웠다. 아이린이라는 이름조차도 진짜이기는 할까? 여기서 당장 뛰쳐나가야 하는 것인가. 인철은 금발을 살피며 망설였다. 저 여자가 이브라힘의 히트맨이라면. 인철은 그러나 자신의 눈을 믿었다. 이상하기는 해도 선량했고 악에 물들 얼굴은 아니었다는 기억을 신뢰하며 버티다 아이린이 커피를 들고 자리에 앉자 인철은 얼굴을 굳힌 채 그녀를 노려보며 말했다.

"당신은 누구요? 왜 나를 미행하는지, 나에게 용건이 무엇인지 얘기하지 않는다면 나는 당장 일어날 거요."

그녀는 여전히 웃음 띤 얼굴로 자신의 ID 카드를 꺼내 보이며 대답했다.

"월드뱅크 특별조사요원 김인철 씨. 다시 만나면 눈치 채실 줄 알았어요. 우리 시간도 없는데 힘겨루기 하지 말고 서로 협력하기로 해요. 정식으로 인사할게요. 저는 FBI의 아이린 B예요. 호호, 이름을 다 알려드리고 싶지만 FBI는 풀 네임을 밝히지 않는 게 관행이라서. 김인철 씨도 마찬가지였잖아요."

"내 이름을 어떻게 알았어요? FBI가 나를 미행하는 이유는 뭐죠? 그리고 우리가 협력하자니, 무엇을 협력하자는 말이오? 나는 월드뱅크 업무 관계로 이곳에 출장 왔을 뿐, FBI가 관심 가질 만한 일을 하는 것이 없어요."

아이린은 손가락으로 도로 건너편의 그랜드 케이맨 은행을 가리키며 말했다.

"우리는 저 은행을 드나드는 수많은 사람들 중에 이브라힘이나 이브라힘의 *끄나풀*이 있는지를 알아내야 하잖아요."

인철은 순간 뒤통수를 세게 얻어맞은 듯 멍해졌다. 어느 누구에게도 말하지 않고 자신만의 생각으로 이곳 케이맨까지 왔는데 도대체 이 여자가 어떻게 나의 생각을 고스란히

다 읽어냈단 말인가. 마치 머릿속에 들어와 보기라도 한 것처럼.

태연을 가장한 채 버티고 앉아 있는 인철에게 아이린은 다정하게 커피를 권했다. 인철은 그녀가 이브라힘의 히트맨이 아니란 사실만으로도 다행이라 생각하며 진한 커피를 크게 한 모금 들이키려다 이내 조그맣게 입술을 오므려 찬찬히 커피 잔에 입을 댔다. 뜨거워 혼비백산하는 모습이라도 보인다면 그야말로 우스운 꼴이 될 터였다.

"FBI를 우습게 보지 마세요. 설명해드릴 테니 일단 커피부터 마셔요."

아이린은 커피를 반쯤 마시고 나서는 눈길을 창밖으로 두면서 빠른 말투로 이야기를 시작했다. 자신은 워싱턴 지부의 FBI 요원이며 트럼프의 대선 캠프와 얽힌 모종의 사건을 조사 중이다. 그 과정에서 그랜드 케이맨 은행에서 인출된 거액의 현금이 캠프로 흘러들어 갔다는 사실을 알게 되었고, 이브라힘이라는 사람의 케이맨 은행 계좌가 떠올랐다.

케이맨 은행의 계좌 추적이 불가능한 데다 현장에 여러 번 와서 은행 측의 협조를 요청하였으나 모두 거부당해 난감하던 터에 김인철 당신이 케이맨행 비행기를 예약하기에 급히 따라왔다. 당신에 대해서는 김용 총재가 10억 달러 잔고증명이 필요하다고 석유업계에 요청할 때 아랍계 자금이 세일 석유에 잠입할 우려가 있고 이브라힘이라는 자를 추적해야 한다는 이유를 대 주목하게 됐다.

"우리는 목표가 같아요. 그리고 서로 도와야 해요. 당신이 은행 문이 보이는 스타벅스의 창가에 자리 잡는 걸 보고 내 도움이 필요하겠구나 하는 생각을 하게 됐어요. FBI가 실패한 계좌 추적을 당신이 성공했을 리는 없고, 일단 현장에 가보자는 심사로 왔을 텐데 그렇다면 누군가 나타나도 민간인인 당신은 그냥 쳐다보는 것밖에는 할 수 있는 일이 없지 않겠어요? 당신은 내가 모르는 걸 알고 있고 나는 당신이 할 수 없는 걸 할 수 있으니 우리가 협력하는 것이 최선이에요."

아이린이라는 여자가 정확하게 자신의 상황을 파악하고 있다는 걸 알게 된 인철은 일단 아이린의 말을 믿고 협력하기로 했다. 비엔나에서의 자신의 행적과 이브라힘이라는 이름까지 공개해버린 김용 총재에게 화가 났지만 자신의 요구가 워낙 비상식적이다 보니 그도 그렇게 하지 않고는 잔고증명을 얻어줄 수가 없었을 것이다.

"이브라힘은 매우 위험한 자예요. 동양인이 몇 명 되지도 않는 이곳에서 당신이 지금처럼 혼자 얼쩡거리다가는 언제 흔적도 없이 사라질지 몰라요. 나 역시 혼자 이런 곳에 관광

왔다고 하면 누가 믿겠어요! 그러니 그랜드 케이맨에서 우리가 연인 행세를 하는 것이 서로에게 도움이 될 거예요. 호호……. 이 자리에 같이 앉아 있는 우리를 보는 사람들은 당연히 그렇게 상상할 게 틀림없으니 가장 자연스러운 잠복근무예요."

그녀는 깊이를 헤아리기 힘든 하늘색 눈을 찡긋하며 말을 맺었다.

"인철 씨가 대한민국 육군 장교 출신이라는 게 몹시 든든한데요."

"내 뒤를 팔 만큼은 다 팠군요. 좋아요. 그랜드 케이맨에서 우리는 동지로 지내지요. 그러나 앞으로 나를 속이거나 중요한 정보를 숨겨서는 안 될 거예요."

"물론이에요. 진정한 커플은 무조건 상대를 믿어야만 해요. 그게 오랜 세월을 거쳐 인류가 도달한 지혜예요."

"……."

"그런데 이브라힘이 굴리는 돈이 IS의 자금일 가능성이 있다고 했던데 증거가 있어요?"

"중동의 부호들 중에는 조건에 맞는 사람들이 없다 보니 IS에 주목한 것일 뿐이에요. 증거가 있다는 게 아니라."

"아랍계 자금이라는 걸 확신하던 본부 분석팀에 당신이 석유를 부었어요. 그러잖아도 IS 자금이 간데없이 사라져 CIA 쪽에 비상이 걸려 있던 중이었거든요. 졸지에 당신이 폭풍을 몰고 온 인물이 되었어요. FBI와 CIA에서."

"사실은 잔고증명을 얻어내려 여러 가능성 중 민감한 쪽을 건드렸을 뿐이에요."

아이린은 잠시 인철을 쳐다보다 크게 웃음을 터뜨렸다.

"정말 그런 거예요?"

"네. 하지만 내가 했던 생각의 한 갈래이기는 했어요."

"호호호호!"

"하하!"

두 사람은 종일 스타벅스의 의자에 나란히 앉아서 다정한 모습을 연출하면서도 건너편 그랜드 케이맨 은행의 출입문을 향하고 있는 매서운 눈길은 떼지 않았다.

14.

FBI

특별히 눈에 띄는 사람은커녕 애당초 드나드는 인적마저 드문 시간들이 지나고 늦은 오후, 은행 문을 닫기 직전 무렵이었다. 스타벅스의 문이 열리며 남자 한 명이 들어왔다. 몸에 잘 맞는 회색 신사복을 입고 넥타이까지 단정히 맨 모습이 예사로운 관광객의 차림은 아니었다. 사내는 은행이 보이는 인철의 앞자리에 앉아 들고 온 가방에서 서류를 꺼내 뭔가를 적어넣기 시작했다. 서류에 글자인지 숫자인지를 적어넣던 사내는 휴대폰 진동음에 짤막하게 통화하고는 자리에서 일어나며 사용하던 만년필의 뚜껑을 닫아 양복 주머니에 꽂았다. 순간 인철의 눈이 반짝 빛났다.

마빈.

아랍 계통의 두툼한 입술과 검은 피부가 눈에 익었다. 인철은 곧 이 사람이 제3인베스트먼트의 관리자 마빈이라는 걸 확신했다. 인철은 직감적으로 자신과 슈타이어렉에서 술에 취해 상당한 정보를 노출하고 본인의 의도였든 이브라힘의 지시였든 자신을 피해 사라져버렸던 걸 깨달았다. 인철은 하늘이 돕는다고 생각했다.

사실 이브라힘에 관한 어떠한 단서도 없는 마당에 그자가 눈앞에 나타난다고 해도 어떻게 알아볼 수 있을지 막연한 상황이었다. 누군가 돈뭉치 같은 걸 들고 나오는 게 보이면 무조건 쫓아가고 본다는 게 두 사람의 생각이었지만 사실 어설플 수밖에 없는 방법이었는데 뜻밖에도 마빈이 도와주는 것이었다.

인철은 자리에서 일어난 마빈이 자신을 볼 수 없도록 몸을 돌려 아이린을 깊이 포옹했다. 이상을 직감한 아이린은 마찬가지로 인철을 포옹하며 귓가에 속삭였다.

"사랑해요."

이와 동시에 아이린은 인철의 가슴에 얼굴을 파묻었다. 마빈은 빠른 걸음으로 문을 열고 도로를 건너 그랜드 케이맨 은행의 문으로 빨려 들어갔다.

"왜 그러죠? 아는 사람이에요?"

"네, 이브라힘의 하수인이에요."

"어떻게 알아요?"

"비엔나에서 만났던 사람이에요."

"오케이, 이제부턴 FBI가 움직입니다. 인철 씨는 제 옆에만 있으면 돼요."

아이린은 전광석화처럼 빠르게 움직였다. 그녀는 휴대폰을 꺼내 시내에서 대기하고 있는 현지 지원팀에게 상황을 알린 후 뒷문 주차장에 세워둔 자동차에 시동을 걸어놓고 다시금 창가 자리로 돌아와 은행 문에 시선을 고정시켰다.

얼마 후 마빈이 나오자 바로 붉은색 자동차 한 대가 미끄러지듯 달려와 멈추었다. 이내 마빈의 지시를 받는 걸로 보이는 두 남자가 가방을 하나씩 들고 은행에서 나와 자동차를 타자 아이린은 인철을 눈짓으로 불러 자동차에 타고는 멀찍이서 쫓으며 전화로 계속 상황을 통보했다. 그리고 사내들이 탄 자동차가 교차로에서 정지하자 그냥 지나쳐 갔다.

"어! 저런! 저들은 그냥 서 있어요."

"네. 임무교대했어요. 다른 차들이 붙었어요."

"그렇군요."

아이린이 첫인상과는 달리 상황을 매우 침착하게 처리하는 걸 보면서 인철은 갑자기 호기심이 생겨나는 걸 느꼈다.

"이제 우리는 뭘 하죠? 다시 임무교대하면서 추격하나요?"

"여기 시내가 작기 때문에 곧 무슨 연락이 올 거예요."

과연 잠시 후 휴대폰이 울리자 아이린은 간단히 몇 마디를 주고받은 후 밝은 표정으로 전화기에 자신 있는 목소리를 밀어 넣었다.

"I Go!"

아이린은 전화를 끊고는 차를 돌리며 인철에게 물었다.

"뱃멀미해요?"

"아니요."

"그럼 미국 가는 배 탈래요?"

"미국으로 간다고요?"

"그자들이 마리나로 갔으니 아마 배를 타고 미국으로 갈 거예요. 요트를 탈지 보트를 탈지는 모르지만."

"당연히 타야죠."

때 아닌 서부 활극에 인철은 대기하고 있는 FBI의 무장 선박을 탔다.

"우리는 거리를 두고 쫓을 거예요."

"이 배는 제법 큰데 저들이 보트를 타면 놓치지 않겠어요?"

"이 배도 빨라요. 그리고 저들도 그리 빨리 달리진 않아요. 해안경비대의 초계기에 안 걸리려고 낚싯배처럼 한들거리며 갈 거예요."

아이린의 판단은 탁월했다. 인철이 아이린이 건네준 쌍안경으로 제법 거리가 떨어진 채 과히 빠르달 수도 느리달 수도 없는 세 사내를 실은 보트를 보자 난간에 낚싯대가 걸리는 모습이 들어왔다.

"아이린은 현장 경험이 많은 모양이죠?"

"글쎄요."

"훈련을 제대로 받은 건가요?"

"미친 듯이 일에 열중했을 때가 있었어요. FBI에 처음 들어왔을 때."

"지금은요?"

"맹목적으로 열심히 하던 때는 지나갔지만 지금 제가 맡은 일이 워낙 중요한 만치 최선을 다하고 있어요."

"아무튼 놀랍군요."

아이린은 해맑게 웃었다.

"그런데 우리가 맡은 일이 너무 다른데 어떻게 이브라힘으로 합쳐졌죠? 저는 이브라힘이 한 사람을 자살하도록 협박 내지는 강요한 사건을 쫓았고, 그 결과 이들이 국제 돈세탁이라는 범죄와 미국 셰일 석유 투자라는 안보상 위험 요소를 단정 내지는 가정하고 쫓았어요. 아이린, 당신의 사건 얘기도 해주면 각자가 하는 일을 좀 더 폭넓게 이해할 수 있지 않을까요?"

아이린은 고개를 끄덕였다.

"인철 씨 얘기를 듣고 보니 제가 맡고 있는 사건이 더 잘 이해가 되네요. 정말 진심으로 협조가 중요하다는 걸 알겠어요."

아이린은 친근한 표정으로 미소를 한번 지어 보인 다음 자신의 얘기를 시작했다.

"미국 대통령 선거에는 온갖 지원금이 다 몰려들어요. 불법도 적잖이 있어 우리로서는 신경을 곤두세우고 있는데, 트럼프 캠프의 회계원으로 일했던 세레나라는 젊은 여성이 뺑소니 교통사고로 사망하는 사건이 발생했어요. 경찰에서는 사고사로 처리되었지만 캠프의 일원이라 우리 팀에서 정밀조사를 했는데 이 여성이 캠프의 회계 책임자 데이비드 커프만을 협박하던 중이었다는 사실을 알게 되었죠."

"영화 같은 현실이군요."

"사건을 다루다 보면 현실이 오히려 가장 드라마틱하다는 걸 알 수 있어요. 여하튼 이 여자는 돈을 묶은 띠를 가지고 상대를 위협했어요. 그걸로 봐서 불법적인 현금 뭉치가 캠프로 들어갔을 가능성이 있어요. 우리는 세레나의 냉장고에서 돈띠를 찾아냈는데 그게 바로 그랜드 케이맨 은행의 이브라힘 계좌에서 나온 거였어요. 그 여자는 처음부터 협박할 생각을 하고 몰래 돈띠를 빼돌린 거죠."

"케이맨 은행이라면 은행명을 찍은 돈띠로 현금을 싸서 내보낼 것 같지는 않은데요."

"물론이죠. 하지만 출납원 시그널이 들어간 작은 도장은 찍어요. 우리는 꽤 애써서 그 돈띠의 도장이 케이맨 은행의 출납원 것임을 알아냈어요."

"그런데 왜 캠프에서는 후원금 신고를 하지 않았을까요? 신고만 하면 아무 문제도 없었을 텐데요."

"돈을 내는 사람의 요구사항이었을 거예요. 그런 경우는 의외로 많아요. 자신이 반대 진영에 있지만 개인적으로 후보를 좋아하거나 부정한 돈이거나 기타 여러 가지 이유로 자신의 신원이 밝혀지기를 바라지 않을 경우 캠프에 요청을 하지요."

"그래도 캠프에서는 신고를 해야 하지 않나요? 정치자금법이 있으니."

"한창 피 말리는 선거를 치를 때는 한 푼이라도 더 확보하는 게 그 무엇보다 중요하다 보니 일단 받는 거죠. 그럴 경우 현금으로 주고받기 때문에 문제가 되는 일은 없어요. 물론 이브라힘의 돈도 전부 현금으로 들어갔을 거예요. 얼마가 될지 모르지만."

인철은 자신이 거래 내역에서 발견했던 4천만 달러가 캠프에 들어갔을 거란 생각이 들었지만 말은 하지 않았다.

"그럼 이브라힘은 현재 부정 선거자금 제공의 혐의가 있는 피의자 신분이군요."

"그뿐만 아니라 세레나의 뺑소니 사건이 살인이라면 그가 지시했을 가능성이 있어요."

"캠프의 회계 책임자 커프만인가 하는 사람을 조사하진 않아요?"

"엄두도 못 내요. 아주 확고부동한 증거가 나오기 전까지는 아예 없는 일로 할 수밖에 없어요. 절대적 증거가 있어도 조사하기까지는 거쳐야 할 게 많아요. 특히 선거 범죄는 후보나 캠프 책임자를 팔지만 실제로는 밑에서 횡령하거나 아예 처음부터 사기인 경우가 너무 많기 때문에 극히 조심해야 해요. 잘못해서 언론에라도 흘러들어 가면 모든 조사는 끝나요."

"지금 단계에서는 어림도 없다는 얘기군요."

"네. 섣불리 물으면 관련자들은 당연히 시치미를 떼죠. 정신병자 같은 사람이다. 증거가 있으면 내놔라. 이미 세레나는 사망했고, 증거든 증인이든 다 묻혀버린 마당에 어떻게 주워 담지도 못해요."

"그럼에도 불구하고 수사를 포기하지 않는군요."

"지금은 현장을 잡는 게 유일한 방법이에요. 미국 사회에서는 거액의 돈을 현금으로 찾으면 무조건 범죄와 연관되어 있다는 인식이 확고해요. 그 돈다발을 싸고 있는 띠가 트럼프 캠프로 들어갔다면 누구나 유죄의 심증을 가지죠. 저는 현장을 잡기 위해 여기에 이미 여러 번 왔어요. 상주하면 의심받을까 봐 계속 왔다 갔다 한 거죠."

"세레나는 캠프에서 이 케이맨 은행의 돈띠를 빼돌려 회계 책임자를 협박하다 죽었을 거라는 심증은 가지만 돈띠만으로 몰아붙일 수는 없잖아요. 다소 막연하네요."

"수사란 게 다 막연해요. 처음에는 어디서 뭘 해야 할지도 모르고, 공연히 착한 사람 괴롭히는 건 아닌가 하는 망설임이 들 때도 많아요. 다 해결하고 나면 당연히 했어야 할 필수적 조치였는데도 말이에요."

"저들이 미국에 도착하면 체포하나요?"

"물론이죠."

"그러나 중범으로 기소하기는 쉽지 않을 것 같은데요."

"일단 기록을 만들어두는 거예요. 거액을 미국으로 밀반입했고, 그 돈이 케이맨의 은행에서 나왔다는 사실을 기록하는 거예요. 그리고 누가 저들을 보석으로 꺼내주는지도 살피고. 이렇게 하면 저쪽에서 리액션이 나올 거예요. 그걸 관찰하면서 하나하나 범죄의 증거들을 잡아나가는 거예요."

"그러면 당장 살인 사건의 수사와 연관되는 게 아니군요."

아이린은 웃었다.

"FBI 수사는 오래 걸려요. 경찰처럼 당장 일사천리로 사건을 처리하기가 쉽지 않아요. 더군다나 이것은 거대한 돈과 거대한 권력이 얽힌 사건이에요. 어쩌면 정치 문제로 비화할 수도 있고요. 이런 사건의 경우 시간이 해답이에요. 우리는 이제 오랜 시간을 두고 거대한 퍼즐을 풀어나가야 해요. 이브라힘은 어떤 자인지, 무슨 이유로 트럼프 캠프에 거액을 내놨는지. 세레나의 죽음은 어차피 미궁에 빠질 수밖에 없어요."

"왜요? FBI라면 그걸 수사하는 게 본연의 업무 아닌가요?"

"뺑소니 범인은 잡히지 않아요. 잡혀도 그 배후를 밝힐 수는 없어요. 거대한 돈이 저지른 범죄이니까요. 세레나를 탓할 수밖에 없어요. 상대를 잘못 건드렸다고."

"그럼 아이린은 이 일을 왜 하죠? 저들을 체포해도 그냥 풀어줄 수밖에 없고 살인 사건도 밝히지 못한다면?"

"기록을 쌓아두면 누군가 어디에선가 활용하죠. 결국은 그게 미국 사회에 도움이 되고요."

긴 시간이 흘렀지만 인철과 아이린이 그다지 지루함을 느끼지 않은 것은 물론 서로의 일에 대한 얘기 때문이기도 했지만 은은히 생겨나는 상대에 대한 관심과 호감 또한 무시할 수 없었다. 특히 아이린은 처음으로 깊은 얘기를 나누는 동양인에 대한 호기심이 대단했다. 어쩌면 그것이 동양인이 아닌 인철에 대한 호감인지도 모를 일이었지만.

"인철 씨가 군인이었단 사실이 너무 재미있어요."

오랜 시간이 지난 끝에 뉴욕항의 불빛이 보이기 시작하자 내내 어딘가와 교신하고 있던 선장의 무전기가 바빠지기 시작했다. 언제 붙여놓았는지 모를 상대방 보트의 전파발신기가 끊임없이 신호를 보내와 배의 모니터에는 상대방의 좌표가 정확히 설정되어 있었고, 선장은 이것을 계속 육지로 전송했다.

부웅!

해안선이 보이기 시작하자 선장은 경적을 울리며 배의 속도를 높여 상대방 보트로 다가갔고, 이에 놀란 상대방 보트는 맹속력으로 달렸다. 어디서 나타났는지 모를 쾌속 보트 한 대가 합세해 상대를 이리저리 몰자 상대는 이들을 재주껏 피해 해안선에 보트를 댔다.

"고기몰이에요. 어항 속으로 쏙 들어가죠."

아이린의 말대로 이들이 신속한 동작으로 가방을 짊어지고 땅에 발을 딛자 새벽녘 어둠 사이로 검은 그림자처럼 모습을 드러낸 FBI 지상요원들이 팍 소리와 함께 눈이 멀어버릴 것만 같은 강렬한 서치라이트를 켰다.

"아악!"

세 사내는 손으로 눈을 가렸지만 이후 체포되어 수갑이 채워질 때까지 전혀 눈을 뜨지 못했다.

마빈은 전광석화 같은 동작으로 주머니에서 휴대폰을 꺼내 콘크리트 바닥에 힘껏 내팽개쳤으나 아이린의 손에 들어온 삼성 휴대폰은 액정만 조금 깨졌을 뿐 정보를 복원하는 데 전혀 문제가 없어 보였다. 휴대폰과 돈띠를 확보한 아이린은 지극히 만족한 미소를 지었다.

"처음엔 대단할 것 같았는데 막상 보니 너무 수월한데요. 작전이랄 것도 없는. 게다가 사람들도 곧 풀어준다니까 전혀 실감이 안 나요."

"이건 역사에 기록될 순간이에요. 세레나의 돈띠로부터 시작해 현금 다발을 압수하게 되었으니 일련의 연속된 범죄의 실체를 찾은 거잖아요. 트럼프 캠프가 상당히 곤란해할 거예요."

"뭔가 기대했던 장면과는 좀 다르군요."

"호호, 인철 씨는 영화를 너무 보셨군요."

"아이린 당신은 성공을 거두었지만 나는 괜히 당신의 작전에 들러리만 선 것 같은데요. 내 일은 달러 밀반입 수사도 아니고 살인 사건 수사도 아니며, 트럼프 캠프의 부정 회계 조사는 더더욱 아네요."

"호호, 그 점은 미안해요. 하지만 오늘은 제게 은혜를 베풀었다고 생각하세요. 아마 앞으로 제 도움이 필요할 때가 있을 거예요. 그때 아낌없이 도와드리죠. 그런데 인철 씨가 알고 싶은 건 뭐죠?"

"나는 돈 주인이 누구인지, 얼마의 돈이 세탁되어 케이맨의 비밀 계좌에 들어와 있는지를 조사해 해당국 정부가 세금을 징수하게 하는 거예요."

"그러면 정확히 우리가 하는 일과 일치해요. 우리도 역시 이브라힘이라는 돈의 관리자와 그 뒤의 진짜 돈 주인을 밝히는 데 초점을 두고 있으니까요. 그게 나와야 트럼프든 캠프든 제대로 수사할 수 있으니까요."

"저 세 사람을 신문하면 돈 주인의 정체가 나올까요?"

"저 둘은 단순한 하수인 같아 보이고 문제는 저 마빈이라는 사람인데 상당한 지위가 있어 보이긴 해요. 하지만 뭔가 안다 하더라도 절대 불지는 않을 거예요. 너무 작은 사건으로 잡았으니까요."

"그럼 의미 있는 정보를 하나도 못 얻나요?"

아이린은 휴대폰을 들어 보이며 자신 있게 말했다.

"요즘은 휴대폰이 수사의 모든 것이에요. 휴대폰만 확보하면 알고 싶은 모든 걸 한꺼번에 다 아는 거죠. 10년 공들인 수사보다 휴대폰 하나 압수하는 게 훨씬 나아요."

"저 서치라이트 대단한데요."

"신무기예요. 밤에는 저것만 들이대면 끝나요. 테이저건보다 낫죠. 우리가 정확한 좌표를 알려주어 정확한 지점에서 대기할 수 있었어요."

"어떻든 아이린의 사건은 시간이 많이 걸리겠군요."

"캠프가 관련되면 원래 시간이 걸려요. 게다가 트럼프가 당선되었으니."

"그러다 흐지부지되기도 하나요?"

"미국 정치는 대타협인 데다 FBI 국장도 대통령이 임명하

187

니 그렇게 되기도 하지만…… 오늘 현금 뭉치가 이브라힘의 계좌에서 인출되어 미국으로 밀반입되는 현장을 잡은 이상 트럼프는 대가를 치러야만 해요. 다만 형식이 어떻게 될지는 몰라도."

아이린은 애매한 말을 남기고 인철에게 손을 내밀었고, 인철이 손을 맞잡자 가볍게 얼굴을 맞댄 후 명함 한 장을 남긴 채 어둠 속으로 사라졌다. 인철은 스파이처럼 나타나 연기처럼 사라져버린 아이린을 잠시 생각하다 따뜻한 커피 한 잔이 그리워 새벽에 문을 연 부둣가 햄버거 가게를 찾아 들어갔다.

15.
재회

위싱턴으로 돌아온 인철은 돈을 운반하던 세 사내를 신문하는 아이린의 연락을 기다리며 제3인베스트먼트의 자료들을 이런저런 각도로 분석하며 시간을 보내고 있었다.

우나 푸르티바 라그리마—.

전화기에서 노래가 흘러나오는 순간 인철은 소스라치게 놀랐다. 루치아노 파바로티의 목소리를 타고 흘러나오는 노래는 분명 '남몰래 흐르는 눈물'. 비엔나에서 최이지 박사가 자신의 휴대폰에 입력한 벨소리였다.

"이 노래가 나오면 제 전화니 즉각 받으셔야 해요."

"무슨 노랜데요?"

"도니체티의 오페라 '사랑의 묘약'에 나오는 로만차예요.

둘이 마음고생을 하지만 결국 사랑에 골인하는 정점에서 남자가 부르는 노래예요."

인철은 얼른 전화기의 버튼을 눌렀다. 이런 노래까지 입력해주었음에도 이지는 그간 자신이 걸었던 모든 전화에 한 번도 응대하지 않았었고, 인철은 평생 이 노래를 다시 들을 수 있을지 걱정하고 있던 참이었다.

"이지 씨!"

"지금 워싱턴이에요."

"워싱턴이라고요? 어떻게 이곳에 있어요?"

"지금 만날 시간이 있으세요?"

"당장 뛰어 나갈게요. 거기 어디예요?"

"저녁 같이 먹어요. 식당은 정하세요."

깃을 세운 가을 코트를 입긴 했으나 만만치 않은 워싱턴의 늦가을 추위에 약간 움츠린 이지는 인철을 보자 다소 겸연쩍은 웃음을 보였다.

"왜 전화를 통 안 받았어요? 연락도 한 번 안 하고요?"

"갑자기 돌아가시기에 제가 싫은가 보다 생각했었어요."

인철은 어이가 없었다. 거칠기 짝이 없는 독일에서 경제학을, 미국에서는 물리학까지 공부한 최이지 박사에게 이렇게 연약한 면이 있다는 게 놀라워서 한참이나 멍하니 있던 인철은 연거푸 물었다.

"그럼 지금은 왜 갑자기 연락하셨어요?"

"제가 잘못 생각했을 수도 있다는 생각이 들었어요."

인철은 웃었다. 감정으로 시작했지만 논리로 마무리하는 독일인다운 대답이었다.

"무얼 드실래요?"

"김치찌개 먹고 싶어요."

이지의 전화를 받고 인철이 생각 끝에 고른 음식은 한식이었다. 한국 음식은 사람을 격의 없이 얽히게 하는 힘이 있기 때문이었다.

"저 IAEA에 1년간 휴직원을 냈어요."

"네? 왜요?"

"당분간 한국에서 일하게 됐어요."

"그래요? 어디서요?"

"청와대에서요."

"네? 그런 일이?"

"예전에 제가 청와대에 제언했다고 했었죠?"

"네."

"벌써 오래전 일인데 최근 연락이 와서 한번 면접을 봤어요."

"아니, 어떻게 독일에 있으면서 한국의 최고 전문가들이 포진한 청와대에서 인정할 정도의 제언을 할 수 있어요? 무슨 내용이었나요?"

"가볍게 롯데 얘기를 좀 했고요."

"롯데?"

지금 이지가 롯데라고 하는 건 롯데가 중국에서 박해받고 천문학적 손해를 감당하지 못해 철수한 걸 두고 자신의 의견을 올린 일일 것이었다. 인철은 당시 이지가 청와대에 제언한 내용이 궁금해졌다.

"요지가 뭐였죠?"

"한국 공무원들이 그렇게 발언하도록 그냥 두어선 안 된다는 거였어요."

"어떤 발언을 했는데요? 나라의 요청으로 땅을 내놓은 롯데를 정부가 전혀 보호하지 않는 건 저도 여기서 답답하다 생각하고 있었는데요."

"그 무렵 한국의 고위 공무원들이 앞다퉈 롯데가 중국에서 판단 미스와 경영 미스 등 사업상 잘못을 했다고 말하고 다녔어요. 독일이든 프랑스든 영국이든, 제대로 된 나라는 그런 경우 공무원들이 목숨 걸고 나서서 자국의 기업을 옹호하거든요. 아무리 큰 잘못이 있어도 나라와 나라가 대치할 때는 무조건 자신들 편을 싸고돌아요. 어떤 정치적 이유가 있는진 몰라도 중국의 사드 보복 앞에서 롯데의 경영 미스라고 말하는 정치인들이나 공무원들의 행태를 보고 한국인이 아니란 생각이 들었어요."

인철은 독일에서 태어나 한 번도 한국에서 살아본 적 없는 이지가 한국 사정을 그토록 정확히 꿰뚫고 있는 게 신통했다.

"저는 당파싸움이란 게 조선시대에만 있는 걸로 생각했어요. 어쩌면 일본인들이 조선에 대한 식민통치를 정당화하기 위해 당파싸움의 역사를 만들어냈다 생각한 적도 있고요. 그러니 우리 한국인들이 그런 짓을 할 리는 없다고 믿었지요. 하지만 요즘 한국을 보면 모든 면에서 다 찢어져 있어요. 친미와 친중으로, 보수와 진보로, 영남과 호남으로, 노인과 청년으로. 그리고 무엇보다도 안타까운 것은 사회에 가치관이 없다는 거예요. 그러다 보니 모든 사람이 다 돈에 얽매여 있어요. 돈이 제일이다, 돈 없으면 죽는다. 대통령도 결국 돈 때문에 탄핵됐잖아요. 그래서 한국은 돈을 많이 벌수록 더 황폐하고 위험해지기만 해요."

"으음."

사실 인철 또한 오로지 남을 깎아내리는 데만 혈안이 되어 있는 한국 사회가 싫어 세계은행에 도피처를 마련한 면도 있었기에 이지의 말이 더욱 절실하게 들려왔다.

"그 당시 제가 청와대에 제언한 건 두 가지예요."

"얘기해주세요."

"하나는 사드예요. 한국 정부는 사드 배치를 빨리 결정해야 해요. 이쪽이든 저쪽이든. 그래야 중국이 보복을 못 하거든요."

"결정을 빨리 하면 중국이 보복을 하지 않나요?"

"네. 북한이 저렇게 나오는 상황에서 한국 정부는 좋든 싫든 미국과 같이 갈 수밖에 없어요. 그런데 자꾸 미적대면 중국이 자기들 쪽으로 올 수도 있겠다 싶어 미련을 가지죠."

"그래서 보복도 하고 압박도 하니 확실히 결정을 해라, 바로 이거예요."

"네. 이미 남의 부인이 되어버린 여자를 보고 내게 시집오라고 하진 못하잖아요. 이리 갈까 저리 갈까 망설이는 사람에게는 저리 가지 말고 이리 오라 온갖 성화를 다 부려도."

"시집을 빨리 가버려라, 그러면 포기한다."

"말하자면 그런 거예요."

인철은 웃었다. 지극히 간단하지만 깔끔한 논리였다.

"자, 이지 씨 시집가는 데 건배!"

이지는 하얀 이를 가지런히 내보인 채 웃고는 소주잔을 들어 입속으로 조금씩 흘려넣었다.

"또 하나의 제언은요?"

"그건 경제 문제예요."

"경제요? 참, 이지 씨가 원래 경제학을 전공했었죠. 뭐죠?"

"얘기 안 할래요."

"왜요?"

"오랜만에 만났는데 분위기만 딱딱해져요."

"그런가요. 그나저나 이지 씨는 언제 한국으로 가나요?"

"지난번에는 비엔나에서 서울행 직항을 탔어요."

"저를 만나려고 이번에는 워싱턴까지 오셨군요."

"그래요."

인철은 지난번 자신이 아무런 망설임 없이 비엔나에서 워싱턴으로 돌아와버린 것에 비하면 이지가 자신을 대하는 마음은 근본부터 다르다는 것을 절실히 느꼈다.

"이지 씨, 맥주 한잔하실래요?"

인철이 몇 군데 전화를 걸어 전망 좋은 라운지에 자리를 잡았지만 이지는 바깥 풍경에는 전혀 관심을 보이지 않았다.

"지금 이런 말을 하면 더 가증스럽게 들릴지 모르겠지만 미국에 와서 얼마나 후회했는지 몰라요. 그때는 몸을 다쳐 위축되기도 했지만, 무엇보다도 저 때문에 이지 씨까지 위험해질 수 있다는 생각에 어서 미국으로 돌아오는 것이 낫다고 판단했거든요."

"제가 독일 속담 하나 가르쳐드릴까요?"

"네."

"말을 같이 훔쳐야 친구다."

"그런 게 있나요?"

"옛날에는 말을 훔치다 걸리면 죽었거든요. 그러니 진정한 친구는 죽음을 같이해야 한다는 뜻이에요."

인철은 순간 온몸이 허공으로 붕 떠오르는 느낌이었다. 이지가 이런 얘기를 하고 있다는 게 도저히 실감 나지 않았지만 이것은 엄연한 현실이었다. 최고의 지성을 가진 이지의 입에서 나온 이 엉뚱한 말은 결국 자신을 향한 게 아닌가.

그것이 안전을 핑계로 내세우는 자신에 대한 조롱이든 무엇이든 상관없었다. 이지가 이런 말을 하고 있다는 사실이 자신에게 너무도 신기하게 다가오는 것이었다.

"우리……"

"……."

"그렇게 되고 싶어요. 말을 같이 훔치는 관계 말이에요."

"생텍쥐페리의 《어린 왕자》 읽어보셨어요?"

"네. 읽은 기억은 있어요."

"우정 200만 원어치 사실래요? 아니면 사랑 300만 원어치 사실래요?"

"네?"

"그런 것들은 사지지 않아요."

"……."

"시간이 필요한 거예요. 서로가 서로에게 길드는 시간."

"……."

"마찬가지로 우리가 지금부터 목숨 바치는 친구가 되자고 맹세를 해도 헛맹세예요."

"아, 그런 건 아닌데……."

"내일 오후 두 시 비행기예요."

"오늘 와서 내일 간다고요?"

"딱 한 번만 만나고 싶었어요. 어떤 분인지 더 알고 싶어서."

"비엔나에서 많이 만났고, 제가 어떤 사람인지는 이미 잘 알고 있잖아요."

"제가 실망했던 게 맞았는지 확인하고 싶어지더군요."

"어떠세요?"

이지는 아무 말 없이 웃으며 자리에서 일어났다. 인철이 엉겁결에 따라 일어났지만 이지는 계속 아무 말이 없었고, 호텔까지 데려다주려 했으나 혼자 택시를 타고 가버렸다.

16.

속도를 조절하는 여자

집으로 돌아온 인철은 마음이 편치 않아 평소 잘 마시지 않는 독한 럼을 꺼내 단숨에 들이켰다. 독한 알코올이 목젖을 타고 속을 훑으며 내려가는 느낌이 쓰라리면서도 오히려 조여들던 가슴의 응어리를 풀어내는 시원함이 있어 다시 한 잔을 연거푸 들이켠 인철은 목소리를 비틀어 자신에게 내뱉었다.

"이 바보 같은 놈아!"

어디서부터 잘못됐는지 모르지만 분명 자신이 그리도 좋아하고 그리워하던 이지가 찾아왔으나 극단적으로 잘못된 결과를 맞이하고 말았다. 이지가 느꼈던 섭섭함, 아니 거의 배신감을 달래기 위해 무조건 고개를 숙이고 잘못했다 사과

해야 했던 것은 아닐까. 아니면 구구절절 좀 더 절실하게 사정을 얘기한 뒤 매일 보고 싶었고, 이제 이 순간부터는 단 한 순간도 떨어지지 않겠다고 TV 드라마에서처럼 맹세해야 옳았던 것은 아닐까. 그러나 이지는 그 어느 쪽도 반기지 않았을 것 같은 느낌이 자꾸 들었다.

혹시 너무 쉽게 친해져 자신이 그녀를 함부로 여기진 않았을까 돌이켜봐도 그랬던 적은 없었던 것 같았다. 이지가 이제 완전히 떠나갔다는 절망감에 인철은 다시 럼 한 잔을 입 속에 들이붓다가 의지로 자제했다. 비록 떠나갔을망정 이지는 이런 식으로 헤어져서는 안 될 사람이었다. 진심으로 이지를 사랑했다면 이런 감상이나 자포자기가 아니라 좀 더 의지를 갖고 행동하는 게 자신의 일이었다.

관계도 사랑도 현재뿐만이 아니라 과거의 기억도 그 못지않게 중요하다는 생각에 인철은 술병을 치우고 책상 앞에 다시 고쳐 앉았다. 일기든 비망록이든 남겨놓고 싶어 펜을 들었지만 사실 글을 써나갈 정도로 정신이 정돈되어 있지는 못했다. 인철은 문득 이지가 한국의 신문에 기고했다는 말을 떠올리고는 컴퓨터를 켜고 인터넷에 들어가 이지의 이름을 찾아보았다.

한국의 어느 경제 전문 잡지에서 최이지라는 이름이 검색되었는데, 뜻밖에도 이지는 새로 출범하는 문재인 대통령과 정부에 색다른 경제 정책을 제안하고 있었다. 이지가 청와대에 제언했다는 경제 문제가 바로 이것이었다. 처음에는 이지의 체취라도 느껴볼 심산으로 그녀의 글 쓰는 모습을 상상하며 가볍게 몇 줄 읽어 내려가다 인철은 곧 자세를 바로잡았다.

"세상에!"

인철은 이지가 만만치 않은 수준을 가진 여성이라는 건 이미 알고 있었으나 이렇게 마음으로부터 동조하게 만드는 글을 쓰리라고는 생각하지 못했던 터라 글을 다 읽고는 밀려오는 감동을 주체하지 못하고 고개를 들어 창밖의 하늘을 바라보았다. 그간 미국에 있으면서 절실히 느끼던 걸 이지는 아주 논리적으로 풀어내고 있었다. 갑자기 감당할 수 없는 그리움이 밀려와 인철은 이지의 기고문을 마치 연애편지처럼 꼼꼼하게 한 자 한 자 가슴에 담아나갔다.

"정권 초에만 하실 수 있는 일이라 판단되어 보내드리니 깊이 검토하시기 바랍니다."란 서두로 시작되는 이지의 글은 다시 읽는데도 불구하고 인철의 가슴을 밑바닥에서부터 휘저어왔다.

대통령님, 중소기업 인구 1,400만이라 중소기업이 살면 국민 모두가 안정된 중산층이 되고, 실업이 해결되고, 나라가 삽니다.

중소기업을 살리려 지난 수십 년간 정부는 법과 제도를 지원하고 자금을 지원하고 할 수 있는 건 모두 다 해왔습니다. 그래서 대기업이 회사를 쪼개 중소기업으로 위장하기도 합니다. 그랬음에도 불구하고 중소기업은 여전히 열악하기만 합니다.

그 근본적 이유는 뭘까요? 바로 사람입니다.

세상의 성공과 실패를 좌우하는 건 그 무엇도 아닌 바로 사람입니다. 마이크로소프트는 빌 게이츠 한 사람이, 애플도 스티브 잡스 한 사람이 대기업의 유혹을 물리치고 창업해 이룬 것입니다. 이토록 사람이 중요함에도 한국에서는 중소기업에 들어갔다는 사실 그 자체로 바로 루저(패배자)가 되기 때문에 아무도 중소기업을 안 가려 합니다. 미국은 성적 우수자순으로 벤처기업에 가는 데 반해 한국은 대기업으로 갑니다.

한국의 벤처기업 정책은 아무나에게 얇은 현금 몇 푼 쥐어주는 게 다라 돈은 막대하게 써도 제대로 된 인재 한 사람 못 건집니다. 그러므로 한국의 중소기업을 살리려면 무엇보다 인재의 흐름을 확 바꾸어야 합니다. 군인이 엉망일 때 사관

학교를 만들었고, 경찰이 엉망일 때 경찰대학을 만들어 수준을 획기적으로 개선했던 걸 생각하면 쉽습니다.

이 나라의 중소기업을 살리려면 '창업대학교'를 만들고 서울대학교 상위 학과에 갈 수 있는 인재를 그리 들어가게 해야 합니다. 누가 그리 가겠느냐고요? 학자금 및 용돈 전액 지원에 전원 해외 연수, 학교의 승인을 받은 창업에는 자금 전액 지원, 그리고 재학 중 1년에 1억씩 부모의 생활비를 지원하는데 최고 인재가 안 가고 배길까요?

뿐만 아니라 전 세계 인재를 다 끌어모으는 겁니다. 그리하여 '창업대학교'가 세계 중소기업의 메카가 되도록 해야 합니다. 그리고 모든 중소기업의 현업과 현 기술이 이 대학에 와서 해법을 찾도록 하면 중소기업의 대대적 활성화에 따라 1천만 일자리 마련, 전 국민의 중산층화를 달성하게 됩니다. 중소기업 제품은 매출에 한계가 있다고요? 그렇습니다. 중소기업은 우산 1만 개를 만들지요. 하지만 이 우산에 휴대폰 기술의 수백 분의 1만 집어넣어도 50억 개를 팔 수 있습니다. 대통령님, 일의 성공과 실패를 결정하는 제1 요소는 무엇입니까.

바로 사람입니다.

정부는 중소기업에 R&D 자금을 조 단위로 지원하니 할 일다 했다는 입장이지만 실제 중소기업에서는 거의 전액 운영 자금으로 쓰고 있습니다. 연구 개발할 인력이 없기 때문이죠. 이 사회의 인재가 아무도 안 가는 현실에서 벤처니 창업이니 중소기업이니 부르짖어봐야 공염불일 뿐입니다.

'창업대학교'를 가는 게 서울대학교를 가는 것보다 훨씬 자랑스럽고, 중소기업에서 뭔가를 도모하는 게 대기업에서 편안한 삶을 도모하는 것보다 훨씬 젊은이답다는 가치관의 역전을 이루는 게 이 사회의 시급한 과제입니다. 그래야 일자리가 해결됩니다.

이 나라 인재의 물꼬를 서울대학교가 아닌 '창업대학교'로, 대기업이 아닌 벤처, 창업, 중소기업으로 돌리는 일은 시급하기만 합니다.

기고문을 읽고 난 인철은 크게 부끄러워졌다. 한국을 떠난 지 불과 3년밖에 안 되는 자신은 미국 생활에, 하루하루 일상에 매몰되어 오로지 자신만을 위한 삶을 사는 데 반해서 이지는 독일에서 나서 자랐음에도 불구하고 오히려 자신보다 더 정확하게 한국 사회의 진정한 문제점을 파악하고 자신의 의견을 대통령에게 제안하고 있었던 것이다. 물론 글도 어디서 흔히 볼 수 없는 획기적인 것이지만 더욱 놀라운 것은 나라를 생각하는 이지의 마음이었다.

애국을 논하면 바로 우스운 인물이 되고 마는 한국의 풍토에서 이지의 글은 신선하고 감동스러웠다. 인철은 북한 핵개발과 이에 따른 미국의 반응으로 한반도가 전쟁 위기에 내몰리고 있음에도 강 건너 불구경하듯 해온 자신이 한심하고도 초라하게만 생각되었다.

그럴수록 이지는 강렬하게 다가왔고, 인철은 거역할 수 없는 감정에 전화기 버튼을 눌렀다.

뜻밖에도 이지는 바로 전화를 받았다.

"대통령께 기고하셨던 글을 보았어요."

"그래요."

"이지 씨에게는 강물이 흐르듯 지혜가 넘쳐나는군요."

"지혜라기보다 관심이 있으면 누구나 생각하는 거예요."

인철은 이 끝도 없는 매력을 가진 이지를 이대로 그냥 보내느니 차라리 평생 여성을 만나지 않는 게 나을 거라는 생각이 드는 순간 의자에서 벌떡 일어났다.

"어느 호텔에 계세요? 제가 그리로 갈게요."

"호호호."

이지는 소리 내어 웃었다.

"왜 그렇게 서두르세요?"

"이지 씨를 지금 안 보면 영원히 못 만날 것 같은 기분이 들어서요."

"혹시 제 얘기를 오해하신 건 아녜요?"

"오해라고요?"

"아마 제가 실망할 가치가 있는 사람인지 확인하고 싶었다는 말을 좀 부정적으로 받아들이신 것 같은데, 그 정확한 함의는 미국으로 돌아가신 것에 대해 제가 실망할 만한 내면적 가치가 있는 분인지 확인하고 싶었단 뜻이고, 오늘 뵈니 워싱턴에 오기 잘했다는 판단이 들었어요."

"정말요?"

"네."

"그러면 왜 딱 한 번만 만나고 싶다 하셨어요?"

"이번 워싱턴 여행에서는요."

"그동안 왜 저의 모든 전화와 문자를 거절하셨어요?"

"문자로 예쁜 말만 골라 하게 될까 봐 조심스러웠어요. 겨우 참았는걸요."

"네?"

인철은 환호성을 지를 뻔했다. 이지는 예상할 수도 없는 곳에서 끝없는 반전을 던지는 알 수 없는 매력으로 가득한 여성이었다.

"혹시 저를 놀리셨어요?"

"보고 싶었어요. 그러나 확신하지 못했어요. 그때 갑자기 돌아가신 게 저도 모르게 트라우마가 되었을 거예요. 그래서 사실 두려웠어요."

"아! 그때 이지 씨가 위험할 것 같기도 했고 몸을 다친 후 모든 게 신산해서……."

"아무 말도 하지 마세요. 저는 제 눈을 믿어요. 제 눈이 잘 못되었을 때는 어떤 결과에 대해서도 책임질 각오가 되어 있어요. 오늘 고마웠고, 말할 수 없이 기뻤어요."

"그런데 왜 그렇게 화난 듯 돌아가셨어요?"

"거기까지가 제가 그려보았던 만남이에요. 요다음 만날 때는 어떤 준비도 계획도 하지 않을래요."

"그러면 내일 공항에는 나갈게요."

"이번에는 끝까지 제 계획을 받아들여 주셨으면 고맙겠어요."

인철은 마음을 억지로 가라앉히고 대답했다.

"알겠습니다. 이번만 그럴게요."

"그 대신 전화와 문자도 많이 넣어주세요. 매일이 기쁠 거예요. 호텔에서 그동안 보내신 문자는 다 읽어보았어요. 기뻤고, 고마워요."

이지가 감정의 속도를 조절한다는 생각에 인철은 싹싹하게 마지막을 끝냈다.

"내일 여행 편안하게 하셔요."

"감사해요."

늦은 밤이었지만 이지의 목소리는 영롱한 이슬을 비추는 싱싱한 아침 햇살처럼 밝고 따사롭게 다가왔다.

17.
위기의 FBI

　다음 날 오후 이지가 비행기를 타는 모습을 그려보던 인철은 기분 좋은 진동음에 얼른 휴대폰을 집어 들었다. 이륙 직전 걸어온 이지의 전화일 거라는 짐작과 기대를 깨고 화면을 채운 이름은 아이린이었다.

　"오늘 저녁 같이하는 건 어때요? 약속이 없으시다면?"

　인철은 약간 섭섭한 느낌이 들었지만 이 또한 기다리던 연락이라 쾌히 승낙했다.

　"기다리고 있었어요."

　"그런데 다른 분과 같이 나가도 돼요?"

　"어떤 사람이죠?"

　"같이 일하는 분이에요."

"아주 좋습니다."

잠시나마 아이린의 매력을 느꼈던 인철은 이지에 대한 순수함을 지키고 싶던 터라 동행이 있다는 말에 더욱 반가이 대답했다.

"호호, 둘이서만 만나는 건 겁났던 모양이죠? 그렇게 잘됐단 듯이 씩씩하게 대답하시니."

"같이 일하는 다른 분이 나온다면 일의 성과가 더 클 것 같아서요. 아마 그 세 사람을 신문했던 요원이겠죠?"

"아니에요. 수석부국장님이에요."

"네? FBI의 수석부국장이라고요?"

"호호, 그분이 인철 씨에게 식사를 대접하고 싶대요. 이따 여섯 시에 만나요. 장소는 다시 알려드릴게요."

전화를 끊고 난 인철은 생각지도 못했던 인사가 출현한 이유가 무엇인지 곰곰이 생각했지만 당장 떠오르는 게 없었다. 수석부국장이 자신을 만나려 한다면 자신이 그만한 가치가 있다는 얘긴데 자신의 가치란 비엔나에서의 경험일 것이었고, 그 경험의 대부분은 돈 주인을 추적한 것이었다.

그 결과 이브라힘이라는 이름을 찾아 여기까지 왔고 그것은 아이린이 이미 다 아는 사실이었다. 인철은 부국장이 관심을 가질 만한 자신의 가치가 뭘까 생각하다 그것은 자신이 김용 총재에게 돈 주인이 IS일 수도 있다고 했던 발언이라 여겨졌다.

아이린은 FBI뿐 아니라 CIA까지도 자신의 그 발언에 비상한 관심을 쏟고 있다고 했으니 오늘 저녁 부국장이 꺼낼 얘기는 그것 외에 다른 게 있을 수 없었다. 그렇다면 오늘 저녁의 대화는 다소 멋쩍을 수밖에 없다. 그 발언에 대해 자신은 어떤 증거도, 근거 있는 논리도 없었다. 아랍계 자금이다 보니 그럴 가능성이 티끌만큼이라도 있었고, 무엇보다 자신이 그걸 입 밖에 낸 건 순전히 잔고증명을 얻어내기 위한 방책이었다. 아이린을 만났을 때는 이미 농담 수준으로 전락해 같이 웃음을 터뜨리기도 한 일이었다.

인철은 머릿속으로 제3인베스트먼트의 돈이 IS로부터 나왔다고 유추할 수 있는 논리나 증거나 최소한의 느낌까지 찬찬히 찾아보았다. 자신이 김용 총재에게 그렇게 얘기했을 때는 분명히 생각의 한 갈래로 IS가 떠올랐고, 거기에는 이유가 없는 것도 아니었다.

IS는 사우디를 비롯한 아랍권의 지지층으로부터 막대한 자금 지원을 받고 있는 데다 유전을 장악해 상당 기간 석유를 팔았기 때문에 30억 유로를 빼돌릴 여력이 없지는 않았다. 따라서 비록 증거는 없었지만 자신이 그럴 수 있는 가능성을 언급한 게 잘못되었다고 할 수는 없다고 생각했다. 논리를 정연하게 가다듬으려고 비엔나에서의 기억을 하나하나 더듬어가던 인철은 순간적으로 외마디 소리를 질렀다.

"아, 이런!"

모순이었다.

돈 주인은 분명 자신의 정체를 숨기기 위해 2천만 유로를 지불하면서 자신의 정체를 알아내버린 요한슨을 자살시켰다. 그렇다면 이 세상 누구도 그의 정체를 알아서는 안 되었다. 그러나 자신은 너무도 수월하게 그 돈이 아랍계 석유 부호의 돈이라 생각하고, IS도 가능한 후보 중 하나라고 생각하고 있지 않은가.

인철은 자신이 그 돈을 아랍계 자금이라 생각한 과정을 더듬어보다 입술을 깨물었다. 후회스러운 결정을 했을 때 인철이 늘 보이는 버릇이었다. 찬찬히 생각해보니 놀랍게도 그런 생각은 처음 자신의 선입견에서부터 시작되었다. 마빈을 처음 만났을 때 그가 두툼한 입술에 잿빛 눈초리, 짙은 갈색 피부를 가져 그에게 물어보지도 않은 채 아랍계일 것으로 생각했던 기억이 떠올랐다. 그리고 그것은 아마도 돈 주인을 대신한 이브라힘이란 이름 때문에 굳어졌던 것일 터였다. 누가 들어도 아랍계 자금과 연계해 생각할 수 있는 이름인 이브라힘은 속임수일 가능성이 있었다. 인철은 슈나이더 총재의 단정적 발언을 떠올렸다.

"이인자가 아랍인이라면 일인자도 아랍인이야. 그들은 결코 이족과 최고의 비밀을 나누지 않으니까."

그리고 그 자금이 전적으로 석유에 투자되었고, 돈 주인이 유가를 좌지우지할 수 있는 실력자라는 점도 아랍계 자금으로 유추하게 된 요인이었다.

인철은 자신이 큰 잘못을 저질렀다는 걸 깨달았다. 논리적으로는 이런 유추가 크게 잘못되었다 생각할 수는 없었지만 가장 큰 문제는 엄청난 대가를 지불하고도 정체를 숨기고자 하는 돈 주인이 너무도 쉽게 자금의 성격을 드러내고 있다는 사실이었고, 자신은 너무도 간단하게 그런 생각을 품게 되었다는 사실이었다.

이것이 만약 돈 주인의 장치였다면 자신은 아무런 망설임도 없이 그 장치 안으로 홀라당 들어가버린 것이었다.

"으음!"

자신이 거꾸로 두 개의 더욱 객관적인 인자를 등한시했다는 걸 깨닫고 난 인철의 입에서는 가벼운 신음이 새어나왔다. 제3인베스트먼트의 애초 거래가 전적으로 러시아의 국영가스회사 가즈프롬과 이루어졌다는 사실을 담고 있는 대차대조표나 거래 기록을 자신이 무심히 넘겨버렸다는 사실, 그리고 요트아베 회장과 요한슨이 300만 유로를 들고 러시아의 소치로 갔었다는 사실을 돈 주인의 정체와 연관해서 그리 깊이 생각지 않았던 것은 아주 큰 잘못이었다.

돈 주인이 러시아의 잔치인 1520포럼을 후원했다면 당연히 러시아와의 연관성도 고려 대상에 넣었어야 할 일이었다. 인철은 지금에 와서는 오히려 아랍계 자금보다는 러시아 자금일 가능성에 손을 들어주고 싶은 기분이었다.

인철은 요트아베의 거래 파일을 다시 찬찬히 살폈다. 5년간의 석유 및 가스 거래 중 4년 동안의 거래가 모두 가즈프롬하고만 이루어졌고, 1년 전부터 러시아와는 손을 딱 끊고 미국의 셰일 석유에 집중 투자되고 있다는 확고부동한 사실이 새로운 의미로 다가왔다.

"러시아!"

인철은 나지막이 입속으로 되뇌었다. 그러자 최근 갑자기 미국 사회에 급속히 드리워지고 있는 러시아의 그림자가 한꺼번에 몰려왔다. 제3인베스트먼트의 자금이 셰일 석유에 집중 투자되고 있는 걸 파일에서 보았을 때는 돈 되는 투자처를 기막히게 찾아낸다는 느낌뿐이었는데, 지금 이 순간은 평소 잠재적으로 느끼고 있던 러시아의 급부상과 더불어 한 사람의 이름이 떠올랐다.

도널드 트럼프.

손님끼리 서로 마주치지 않도록 설계된 깊숙하고 격조 있는 프랑스 식당에서 아이린과 함께 인철 앞에 마주 앉은 사람은 깊은 관록과 품위가 엿보여 첫눈에도 고위직 인사라는 걸 알아볼 수 있었다.

"이분은 존 스파이베이, FBI의 수석부국장님이세요."

인철은 이 사람이 꺼낼 이야기가 무엇일지 생각하며 악수와 명함을 교환했다.

"보통은 사무실에서 만나기 마련인데 부국장님이 특별히 인철 씨를 식당에서 만나자 하셨어요. 물론 저는 진즉에 그러고 싶었고요."

"일단 식사를 하는 게 어떻겠소?"

"좋습니다."

아이린과 부국장은 와인을 곁들인 식사 내내 세상 돌아가는 얘기부터 스포츠와 영화 등의 화제만 입에 올렸고, 분위기는 마치 오랜 친구들끼리 만난 것처럼 편안하고 즐거웠다. 인철은 부국장의 관록이 이런 데서 묻어난다는 생각에 같이 웃고 농담을 하면서도 좀 있으면 부국장이 꺼낼 화제가 뭘까 생각하는 걸 게을리하지 않았다.

이윽고 마지막 디저트로 커피가 나오자 부국장은 이제까지와는 달리 얼굴을 굳히고 목소리를 낮춘 채 다짐을 받았다.

"오늘 이 자리에서 나누는 얘기에 대해서는 죽음과도 같은 보안을 부탁하고 싶소. 그렇게 해줄 수 있겠소?"

인철은 부국장이 쓰는 어휘가 묘하다고 생각했다. 엄중한 보안을 말하는 것이겠지만 듣기에 따라서는 보안을 지키지 않으면 죽을 수도 있다는 얘기로도 들렸다.

"알겠습니다."

"먼저 아이린 요원이 그들을 검거하도록 큰 도움을 주어서 고맙소."

"저 아니었어도 얼마든지 검거할 실력이 있는 유능한 요원입니다."

"모두 입을 다물고 신문에 불응하고 있지만 휴대폰에서 중요한 정보들이 나왔소. 둘은 단순한 하수인이지만 그중 하나는 상당한 위치를 가진 자로 판단되었소."

"그럴 걸로 생각했습니다."

"그의 휴대폰에서 캠프의 회계 책임자 데이비드 커프먼과 통화한 기록이 나왔소."

"중요한 증거를 획득하셨군요."

"덕분이오."

부국장은 말과는 달리 그리 달가운 표정이 아니었다.

"그래서 말인데……."

"네."

"아이린 요원과 같이 이브라힘의 자금 추적 등 했던 일과 나누었던 말을 모두 없었던 걸로 해주길 바라오."

뜻밖의 얘기였다. 순간적으로 인철의 뇌리에 부국장이 자신을 극히 불신하고 있다는 판단이 생겨났다. 어쩌면 자신이 증거도 논리도 없이 IS를 지목한 게 정치적 문제를 일으켰을 수도 있었다. 부국장이 직접 나와 이 근사한 저녁을 사는 것도 더 이상 허튼소리 하지 말라는 당부에 다름 아닐 수 있었다.

또 하나 생각해볼 수 있는 건 위험을 느낀 트럼프 캠프 쪽에서 FBI에 압력을 가했을 가능성이었다. 인철은 잠시 생각하다 고개를 끄덕이며 동의했다.

"알겠습니다."

FBI가 부국장까지 나서서 관계를 끊어달라고 하는데 자신이 찬성하고 반대하고 할 일도 아니었다. 다만 같은 목표를 가졌던 FBI가 손을 드는 걸 보면 앞으로 자신의 조사 또한 험로가 예상되었다. 아니, 사실은 거의 불가능하다는 판단을 내릴 수밖에 없었다.

"오늘 식사 즐거웠소."

"만나서 즐거웠습니다."

부국장이 일어서기 직전 인철은 심중에 품고 있던 한마디를 던졌다.

"속단할 수는 없지만 어쩌면 그것이 러시아의 자금일 수 있습니다."

인철의 이 말에 부국장은 아이린에게 눈길을 돌렸다. 아이린 역시 인철의 이 말에 놀라는 표정인 걸 보고 부국장은 웨이터를 불러 커피를 더 시켰다.

"한 잔 더 하겠소?"

"괜찮습니다."

"아이린 요원은?"

"저는 마시겠습니다."

"증거가 있소?"

"제가 아는 바를 말하기 전에 어째서 이브라힘의 자금 추적을 중단하는지 설명해주시기 바랍니다."

"미스터 킴은 그 자금이 IS로부터 나왔다고 하지 않았소?"

"여러 가능성 중 하나를 얘기했을 뿐입니다. 최근 모든 요소를 집중적으로 검토한 결과에 의하면, 이브라힘의 돈은 러시아의 자금일 가능성이 가장 유력합니다."

부국장은 인철의 말에 잠시 침묵을 지키다 아이린을 돌아보고 말했다.

"아이린 요원이 사실 그대로 얘기해주겠나?"

아이린 역시 이제까지의 쾌활하던 표정을 뒤로한 채 얘기를 시작했다.

"얼마 전 FBI의 코미 국장이 트럼프 대통령에 의해 해임된 건 아시죠?"

"네."

"트럼프의 러시아 스캔들을 수사하다 해임됐어요. 거기까지만 말할게요."

인철은 웃었다.

"이크! 나는 트럼프에게 두 배로 미움을 받겠는데요. 선거 캠프에 흘러들어 간 현금 뭉치를 추적하는 FBI를 도운 데다 이제 그 자금이 러시아에서 나왔다고 주장하니."

인철의 이 말에 아이린이 약간 머쓱한 미소를 지으며 침묵하자 부국장의 삼엄한 목소리가 들려왔다.

"러시아 자금임을 증명할 수 있는 결정적 증거가 있소?"

"아니, 증거는 없습니다. 그러나 여러 상황을 유추해볼 때……."

부국장은 팔을 들어 인철의 말을 끊었다.

"그만하시오. 나는 듣지 않겠소."

인철은 말없이 고개를 끄덕였다. 그가 듣지 않으려 하는 게 이해가 갔다. 세계은행의 소식통에 따르면, 해임된 코미 국장 대신 새로 임명된 국장은 트럼프의 충복 중 충복이라서 모든 러시아 관련 수사를 중지함은 물론, 코미가 트럼프에게 불리한 언행을 하지 못하도록 그의 약점을 찾고 있다는 것이었다. 이런 상황에서 부국장이 선택할 수 있는 길은 달리 없을 것이었다.

"알겠습니다."

부국장은 일어나며 인철의 두 눈을 똑바로 응시하고 말했다.

"개인적 충고인데 극히 위험한 주장이오. 게다가 증거가 없다면."

부국장은 같이 일어나는 아이린을 손짓으로 만류하며 지갑에서 카드를 꺼내 아이린에게 내밀었다.

"분위기가 괜찮은 회원 클럽 카드야. 미스터 킴에 대한 나의 미안함을 아이린 요원이 대신 사과해주겠나? 비싼 와인을 아무리 비워도 좋으니."

"네, 그럴게요."

부국장은 자리에서 일어나며 손을 내밀었다.

"도움이 필요하면 언제든 전화하시오."

"그럴 일은 없을 것 같습니다만, 감사합니다."

18.

트럼프와 러시아

포토맥 강이 한눈에 내려다보이는 클럽하우스의 은은한 핑크빛 조명 아래에서 보는 아이린의 하늘색 눈동자는 더없이 고혹적이었다. 인철은 이지를 떠올리며 그녀의 눈빛을 견디려 하였으나 고개를 돌리지 않는 한 빨아들이듯 강렬한 그녀의 눈길을 피하기는 어려웠다.

"지적인 애인이 있나 봐요."

"어떻게 알죠?"

"저는 보면 알아요. 당신의 마음이 안정돼 있으니까요."

인철은 웃으며 잔을 내밀었다.

"아이린, 당신은 진짜 미인이에요. 그리고……."

"그리고 뭐요?"

"나보다 더 안정돼 있어요."

"그럴까요? 오늘 밤 우리 사이에 무슨 일이 벌어질지 모르는데."

인철은 웃었다.

"그렇긴 해요."

"워싱턴의 밤에 건배!"

아이린은 테이블에 잔을 내려놓으며 망고를 집어 인철에게 건넸다.

"당신은 멋져요. 그 머리가."

"헤어스타일이 괜찮은 편이죠. 남에게 거부감을 안 주는."

아이린은 소리 내 웃었다.

"후후, 그 노땅 유머도 거부감을 안 주네요."

"하나 물어도 돼요?"

"뭐죠?"

"당신은 매력적이고 누구에게나 친절하지만 주변의 누구도 남자로 생각하지는 않는 것 같아요. 옷도 편하게만 입고, 화장도 안 하는 것 같고. 한마디로 남자에게 관심이 없는 것 같은데 내 느낌이 맞을까요?"

아이린은 미소를 지으며 고개를 끄덕였다.

"좋지 않은 기억이라도 있나요?"

"그렇진 않은데 알고 보면 사연이 좀 있는 간단치 않은 미녀예요."

인철이 와인 잔을 비우자 아이린은 병을 들어 잔을 채우면서 농담처럼 물었다.

"그런데 이브라힘의 돈이 러시아 자금이라는 근거는 뭐죠? 또 잔고증명이 필요해졌나요?"

"하하, 그건 아니고."

"당신의 머릿속에서 일하는 작은 사람들의 추리를 들려줘요."

"작은 사람들이요?"

"네, 당신의 머릿속에는 작은 사람들이 언제나 가득히 들어가 있어서 항상 뭔가를 생각하고 연구하는 것 같아요. 당신이 쉬거나 잠들었을 때도. 그렇지 않으면 그 다양하고 엉뚱한 생각들이 다 어디서 나오겠어요?"

"후후, 이 좋은 자리에서 풀어놓기에는 좀 딱딱한 얘긴데요."

"잘됐네요. 마침 좀 딱딱한 안주가 필요하던 참이에요."

"저의 추리는 먼저 이브라힘이라는 이름에서 시작됐어요. 그토록 정체를 숨기려는 돈 주인과 어울리지 않게 아랍계 자금이란 걸 바로 드러내는 이름이잖아요."

"네. 그래서 IS도 떠올려봤던 거고요."

"그게 함정일 수 있다고 생각하니 두 가지가 보였어요. 하나는 이 자금이 초기에 전적으로 러시아 석유를 거래해 상상할 수도 없는 큰돈을 벌었다는 사실, 또 하나는 돈 주인이 러시아 소치에서 열린 1520포럼이라는 철도 모임에 300만 유로를 스폰서로서 지원했다는 거였어요."

"소치? 흑해 연안의 소치요?"

"네. 해마다 거기서 러시아와 같은 1520 규격의 광궤 선로를 쓰는 약 20개국의 철도 거물들이 모이거든요. 그런데 러시아 철도회사 사장이 상당한 유력자라 거기에 돈을 댄 건 돈 주인과 철도회사 사장 사이의 친분 관계가 이유일 수 있어요."

"러시아 철도회사 사장이 대단한 사람이라는 건 FBI도 알고 있어요. 권력과 돈을 다 가졌다죠."

"이 자금은 석유 거래에 있어서는 세계의 그 어떠한 펀드도 올릴 수 없는 실적을 거뒀는데, 이것은 유가를 좌지우지할 수 있는 거대한 힘과 연관되어 있지 않고는 불가능해요. 통상의 투자가 아니에요. 그리고 유가를 그렇게 조종할 수 있는 힘은 오로지 산유국만이 가지고 있어요. 그래서 저는 일단 이 돈이 산유국인 러시아 자금이라 가정하고 생각해보

앗어요."

아이린은 인철의 잔에 와인을 조금 더 채웠다.

"그런데 이 자금은 1년 전부터는 가즈프롬과의 거래를 하루아침에 중단하고 미국의 셰일 석유로 옮겨갔어요. 셰일 석유가 이렇게 폭등하리라고는 아무도 예상하지 못했던 일이라 겉으로만 보면 기가 막힌 투자지만, 아무리 많이 남겨도 가즈프롬과의 이익에 견주면 새발의 피예요."

"무슨 사정이 생겼단 뜻인가요?"

"조사를 해보니 이 자금이 가즈프롬과 거래를 끊고 난 직후 가즈프롬 사장이 해임됐어요. 부정한 거래가 러시아 정부에 적발되었다고 볼 수 있는 대목이지요."

"돈 주인은 가즈프롬 사장과 연관된 사람이군요."

"그때 기사를 보면 푸틴 대통령이 진노해서 가즈프롬 사장을 체포해 조사하도록 지시했고, 가즈프롬과의 부당한 거래를 통해 거둔 부당 이익을 전부 찾아 회수하도록 했어요. 그걸로만 보아도 이 돈은 분명 러시아 자금이지요."

"인철 씨가 돈 주인을 밝히면 푸틴으로부터 포상금을 받겠어요."

"이 자금으로 이제껏 엄청난 돈을 벌었지만 앞으로도 계속 벌게만 돼요."

"앞으로도요? 그게 인철 씨 눈에 보이나요?"

"네."

"어떻게 그걸 내다볼 수 있어요?"

"누군가 아주 유력한 인물이 돈 주인을 위해 헌신적으로 뛰고 있으니까요."

"당신은 그 유력한 인물이 누군지 이미 마음속에 꼽아두고 있다는 느낌이 드는데요?"

"매우 특이한 인물 한 사람을 꼽고 있죠."

"누구죠, 그게?"

"도널드 트럼프."

"뭐라고요? 트럼프 대통령이요?"

"네."

"그게 무슨 말이에요? 미국 대통령이 러시아인 돈 주인을 위해 뛰고 있다고요?"

"불행히도 그런 것 같아요."

아이린은 잠시 멍하니 있다 날카로운 목소리로 물었다.

"인철 씨, 속 시원하게 얘기해요. 당신이 떠올리고 있는 인물이 있죠? 그가 누군지, 왜 그를 돈 주인으로 지목하는지 제대로 얘기해요. 그리고 트럼프가 왜 그를 위해 뛰는지."

"트럼프가 돈 주인이 누군지 알고 그를 위해 뛴다는 얘기는 아네요. 트럼프가 러시아를 위해 뛰는 건 확실하지만 그 얘긴 좀 이따 하고, 현재로서는 체포된 전 가즈프롬 사장 샤토프와 러시아 철도회사 사장 주코프가 돈 주인으로 떠올랐어요."

"왜 그렇게 생각하죠?"

"체포된 샤토프가 이브라힘을 내세웠다고 볼 수 있죠. 3억 유로로 시작해서 순전히 가즈프롬만 거래해 그걸 30억 유로로 키웠으니."

"주코프는요?"

"요트아베 회장과 요한슨이 300만 유로를 가지고 소치의 1520포럼에 갔는데 주코프는 이들을 만나주지도 않았어요. 이게 스폰서라면 있을 수 없는 일이에요. 30만 유로를 가지고 가도 칙사 대접을 해주기 마련이죠. 그렇다면 그 돈은 스폰서가 아니라 돈 주인이 자신의 돈을 가져오도록 지시했을 가능성이 매우 높아요. 주코프가 말이에요."

아이린은 갑자기 잔을 들어 인철의 눈높이로 들었다. 인철도 따라서 잔을 들자 아이린은 쨍 소리가 나게 잔을 부딪치며 소리 높이 외쳤다.

"위대한 미국 대통령 트럼프와 세계 최고의 수사기관 FBI를 위해 건배!"

분명 자조적이었지만 인철은 같이 건배를 하는 도리밖에 없었다.

아이린은 한 모금 쭉 들이켜고는 웨이터를 불러 까다롭게 와인 한 병을 더 시킨 다음 의미를 짐작하기 어려운 미소를 지으며 물었다.

"우리 같이 케이맨에 갔었죠?"

"네."

"결과가 너무 좋지 않았어요?"

"나는 별로였지만 아이린 당신은 히트를 쳤죠."

"다음엔 제가 당신을 돕기로 약속했었죠?"

"네, 그러긴 했지만 이제 당신은 수사를 못 하니 그 약속은 날아간 거나 다름없어요."

"우리가 소치에 같이 가는 건 어때요? 당신 얘기를 듣고 알아보니 얼마 후 소치에서 그 1520포럼이 또 열리던데요."

"그게 가능해요? 당신은 이제 완전히 트럼프의 눈 밖에 나 FBI에서 쫓겨날 텐데."

"그 반대예요. 우리가 거기서 증거를 찾아 거꾸로 트럼프를 잡아요."

잔을 들어 한 모금 크게 들이켠 인철이 웃으며 말했다.

"하하하하! 아이린, 당신 참 재미있군요."

"믿거나 말거나예요. 당신과 같이하면 무엇이든 성과가 나올 것 같아요. 빌어먹을 FBI보다요. 호호호호!"

아이린은 고개를 들고 천장을 향한 채 깔깔거리고 웃었다. 한참이나 웃던 아이린은 웨이터가 새 와인을 가져오자 잔을 입에 대며 간신히 진정했지만 인철의 얼굴을 보자 또다시 웃음을 터뜨렸다.

"미안, 미안해요. 하지만 당신 정말 좋아요. 마음에 쏙 들어요. 우리 꼭 가요. 인철 씨는 어떤 머리라도 쓸 것 같아요. 가서 미국 대통령이 샤토프든 주코프든 이브라힘이든, 러시아 돈 주인을 위해 뛰는 증거를 찾아오자고요. 그리고 당신이 FBI 국장을 하는 거예요. 우리 같이 트럼프를 잡아요. 그가 러시아 돈 주인을 위해 뛰고 있다는 결정적 증거를 잡아 하원의장에게 가자고요. 폴 라이언. 라이언에게로 가요."

"하하, 아이린. 당신 취했어요. 나도 그렇고요."

"FBI가 죽었는데 안 취하고 배길 순 없죠. 그런데 김인철, 당신 생각의 스케일이 커서 너무 좋아요. 이제 보니 김인철 당신 진짜 사나이에요."

인철은 아이린이 진정하자 잔잔한 목소리로 말을 시작했다.

"트럼프가 쓰는 방법은 매우 교묘해서 뭐가 뭔지 알아보기가 쉽지 않아요. 특히 그는 공공의 정책에 자신의 사리사략을 섞어 넣는 데 아주 능해서, 한편에서 아무리 큰 비난을 받더라도 그 반대편에선 언제나 그만큼의 지지가 일어나게 하죠."

"트럼프가 그렇게나 머리가 좋아요?"

"하지만 진정성이 없어요. 그는 미국 노동자들의 분노를 불러일으켜 대통령이 됐지만 그의 경제 정책 트럼프노믹스는 오히려 서민들을 더 어렵게 만들고 있어요."

아이린은 와인 잔을 내려놓으며 진지한 표정으로 인철의 말에 귀를 기울였다.

"그건 왜 그렇죠?"

"그의 보호무역이란 외국의 값싼 물건을 미국에서 제조되는 값비싼 물건으로 대치하자는 건데, 그러면 결국 노동자들이 물건을 살 수 있는 능력이 떨어져요. 그렇다고 임금을 기하급수적으로 올릴 수 있는 것도 아니고."

"트럼프의 경제 정책이 결국 실패한다는 뜻인가요?"

"그렇게 봐야 해요."

"그럼 그의 선택이 잘못된 건가요?"

"이미 미국은 중국을 비롯한 세계 거의 모든 나라에 대해 상품경쟁력을 상실했어요. 그러나 미국은 하이테크에 강하기 때문에 그 방향으로 집중해야 하는데 트럼프는 거꾸로 선택한 거예요."

"일부러 그랬다는 거네요. 러스트 벨트에 있는 수많은 표를 건져서 선거에 이기기 위해서."

"거기에 더해 보수의 심리를 자극했죠. 'Make America great again!' 같은 구호만 보면 무조건 찍는 층이 있잖아요."

"여하튼 선거에 이기기 위해 보호무역을 내세웠다는 거죠?"

"네. 게다가 그의 마음속에는 중국에 대한 근본적인 분노가 있어요. 중국이 모두 수탈해간다는 생각이 그의 머릿속에 꽉 차 있으니까요."

"그래서 보호무역을 주장하지만 보호무역은 결국 미국 서민층을 더욱 힘들게 만든다? 미국의 비극이군요."

"미국은 중국에 추월당하는 걸 극도로 경계하면서도 오히려 중국을 키워주는 일등공신 역할을 하고 있어요. 미국의 슬픈 운명이죠."

"지금의 미국은 이쑤시개부터 컴퓨터까지 전부 중국제를 쓰니까요."

"트럼프 식대로 가면 미국이 중국에게 뒤지는 건 시간문제에요. 중국이 제일 유리한 지형에서 싸우자는 거니까요. 중국은 세계무역을 제패하는 데다 자국의 수요자만 14억이나 돼요. 미국이 도저히 이길 수 없어요."

"그러면 미국이 슈퍼 파워 자리를 중국에 내줘야 하나요?"

"글쎄요."

"슬픈 얘기는 나중에 하기로 하고 지금은 아까 했던 그 얘기, 트럼프가 러시아인들을 위해 뛴다는 웃기는 얘기를 더 해줘요."

"트럼프는 기업의 경쟁력을 키우기 위해 법인세를 대폭 감면하고 국제 수지를 위해 약달러 정책을 써요. 달러와 유가는 정확히 반비례하죠. 그래프를 보면 달러와 유가는 완전한 데칼코마니 형상이에요. 달러가 약해지면 반대로 유가는 오르기 마련이에요. 그러니 유가는 앞으로 상당 기간 강한 자리를 지킬 거예요. 결국 세계 최대 산유국 러시아와 돈 주인이 큰 이득을 보게 되죠."

"트럼프노믹스 자체가 러시아에 득이 될 수밖에 없단 얘기군요. 아니 트럼프 정권의 출범 자체가. 그래서 러시아가 민주당을 해킹해 힐러리에게 패배를 안긴 건가요? 그 해킹의 뒤에는 이브라힘이든 돈 주인이든 러시아인이 있고."

"FBI가 밝혀야 할 일인데 안 하겠다니……."

"안 하는 게 아니라 못 하는 거예요. 미국이 왜 이렇게 가는지 모르겠어요."

"게다가 트럼프는 내각에서 가장 중요한 국무장관에 틸러슨을 앉혔어요. 그는 엑슨모빌의 러시아 법인을 맡았을 때 러시아 국영가스공사와 아주 긴밀한 관계를 맺은 사람으로 친러파 중의 친러파예요. 트럼프와 러시아 간의 가교 역할을 하기에 충분한 사람이죠."

아이린은 경멸하는 표정을 보이며 한마디 내뱉었다.

"그래 봤자 꼭두각시들인걸!"

"네? 꼭두각시요?"

"아니, 잠시 딴생각을 했어요. 그리고 트럼프가 또 러시아를 위해 무얼 했어요?"

"결정적으로 그는 미국을 파리기후협약에서 탈퇴시켰어요. 세계가 화석연료 후유증으로 이 큰 재난을 겪고 있는데도 말이에요."

"이 사람이 미쳤나 싶었는데 그것도 러시아를 위해 한 거예요?"

"석유를 위해 한 거라 봐야죠. 미국도 세계 3위의 산유국이니까. 하지만 가장 큰 수혜자는 어찌 되었든 러시아예요. 그가 무얼 하든 결국 러시아가 이익을 보게 돼요. 의도했든 안 했든 간에."

아이린의 표정이 어느새 상당히 무거워져 있었다. 비록 취한 상태였지만 인철의 마지막 한마디가 수사관으로서 그녀의 본능을 건드린 것 같았다. 과연 그녀는 장난기와 취기가 싹 걷힌 심각한 얼굴로 물어왔다.

"인철 씨는 트럼프가 왜 그렇게나 러시아에 우호적인지 생각해봤어요?"

"오늘은 일단 현상만 얘기하기로 해요. 그 이유에 대해서는 다음에 같이 얘기 나누기로 하고."

"물론 저도 조사를 해볼 거예요."

"아마 그 부분은 나보다 아이린이 더 잘 알 수도 있을 거예요."

"좋아요. 그러면 다음 주 화요일 여섯 시 베니니에서 저녁 같이 먹어요. 그때는 좀 더 심도 있는 얘기를 나눌 수 있을 거예요."

아이린은 병을 들어 남은 와인을 각자의 잔에 나눠 따랐다.

"오늘 취해서 미안해요. 하지만 FBI가 그렇게 비겁한 조직은 아니에요. 잠시 물러난다 뿐이지 잊어버리지는 않아요."

"이해해요. FBI뿐만 아니라 전 세계가 모두 트럼프 몸살을 앓고 있으니까요."

두 사람은 서로의 눈을 응시하며 마지막 잔을 조용히 마셨다. 두 번째 만남이지만 두 사람 모두 상당히 가까워진 느낌이 들어 지난번보다는 좀 더 오래 얼굴을 맞댄 후 헤어졌다.

19.
시진핑의 독백

중국 공산당 제19차 전국대표회의.

"공산당은 중국 인민을 단합시켜 투쟁함으로써 아편전쟁 이후 능욕당했던 처지를 완전히 바꿔놓았고, 오랜 가난에 시달렸던 중화민족의 비참한 처지를 완전히 바꾸었습니다. 중국 인민은 두려움을 모르는 자세로 중화민족의 위대한 부흥이라는 목표를 위해 계속 힘차게 나아가야 합니다!"

"우와!"

쏟아지는 박수갈채 속에서 시진핑의 자신감은 최고조에 이르렀다. 전국 각지에서 모여든 당대표들이 모두 일어나 시진핑을 연호하는 가운데, 시진핑은 두 손을 들어 한참이나 화답하고 난 다음 퇴임하는 다섯 명의 상무위원과 악수를 나누었다.

실로 엄청난 힘의 과시였다. 모두 일곱 명의 상무위원 중 자신과 리커창을 빼고 다섯 명을 모두 물갈이함으로써 시진 핑은 거센 도전에 직면할 것이라는 모든 언론의 예상을 깨고 완전무결한 일인 천하를 구가한 것이었다. 상하이방도 공산 당 청년 조직도 모두 한 손으로 물리친 격이었고, 물러나는 다섯 명의 상무위원에게 그는 200석이 넘는 중앙위원 가운 데 한 자리도 주지 않았다.

그럴 정도로 천하의 모든 권력이 그에게 집중된 셈이지만 이것조차 약과에 불과했다. 3천 명의 당대표들은 '시진핑 사 상'을 당장 당헌에 삽입하기를 결의했고, 이로써 시진핑은 마 오쩌둥과 덩샤오핑에 맞먹는 자리에까지 올라선 것이었다.

덩샤오핑은 비록 당헌에 이름이 기재되기는 했지만 '사상' 보다 낮은 의미의 '이론'이라는 어휘가 쓰인 걸 감안하면 시 진핑은 덩샤오핑을 넘어 마오쩌둥과 어깨를 나란히 하는 중 국의 교조적 지도자로 우뚝 올라선 것이었다.

이제 그는 마음만 먹으면 20년 집권도 할 수 있는 위치로 올라섰고, 14억 중국인이 모두 한마음으로 그의 위업을 칭 송했으나 당대회를 마치고 인민대회당을 나오는 그의 심기 는 그리 편한 것만은 아니었다.

최고의 자리에 오르는 바로 그 순간 아이러니컬하게도 그의 뇌리에는 가장 굴욕적이었던 기억이 떠올랐던 것이다. 집무실을 향하는 자동차 안에서 그는 입을 씰룩거리며 한마디를 내뱉었다.

"도널드 트럼프."

베를린에서 개최된 G20 미팅을 마치고 베이징으로 돌아오는 전용기에서 느꼈던 모욕감은 문제도 아니었다. 트럼프라는 웃기는 이름의 늙은이가 혼자 잘난 체하는 건 다른 정상들과 같이 겪었던 일이라 참을 만했고, 한국의 문재인 대통령과 악수하면서 마치 약 올리듯 뒷줄에 선 자신을 돌아보며 조롱이 가득 담긴 기분 나쁜 웃음을 지었던 것도 못 본 체했으니 그런 대로 잊어버릴 만했다.

그전 대만의 차이잉원이 총통으로 당선되자마자 축하 전화를 해 분노를 불러일으켰던 일도 상대의 전략이라 생각하고 냉정하게 대처하면 될 일이었다. 물론 그동안 역대 미중 지도자들이 쌓아올린 무언의 약속인 하나의 중국, '원 차이나' 정책을 완전히 조롱하기는 했지만, 남에게 건 전화 한 통을 가지고 분을 터뜨릴 필요는 없었다.

"도광양회韜光養晦!"

시진핑은 이를 악문 채 자신을 타이르듯 이 한 마디를 나직이 되뇌었다.

도광양회는 '자신을 드러내지 않고 때를 기다리며 실력을 기른다.'는 의미로 덩샤오핑의 외교 방침을 지칭하는 용어로 쓰인다. 중국을 개혁개방의 길로 이끈 덩샤오핑이 중국의 외교 방향을 제시한 명언으로 시진핑 자신도 이 말을 가장 좋아했다.

자신이 힘을 모을 때까지 참고 견디는 것. 그것이 이 말이 주는 진정한 교훈이라고 생각하며 시진핑은 자신을 추슬렀지만 어제의 일만은 도저히 참기 힘들었다.

"시 주석, 당신이 북한과 거래하는 중국 은행을 제대로 관리하지 못한다면 내가 직접 당신네 은행들을 처벌하겠소. 곧 베이징에 우리 조사단을 보낼 테니 적극 협조하시오. 자료를 감추거나 적극적으로 협조하지 않는 일이 발생하지 않도록 각별히 유의하시오. 지난번 당신이 내게 사정해 내가 북한에 대한 무력 조치를 유보했던 걸 잊지 마시오."

트럼프는 며칠 전 전화 통화에서 '처벌'이라는 안하무인의 단어를 썼고, 자신은 이에 제대로 대꾸하지 못했던 게 두고 두고 가슴에 맺히는 것이었다.

"도광양회!"

시진핑은 거듭 이 한 마디를 내뱉으며 머릿속에서 트럼프의 심술로 가득 찬 얼굴을 지우고 덩샤오핑의 웃음 띤 얼굴을 떠올렸다. 덩샤오핑은 '검은 고양이면 어떻고 흰 고양이면 어떠냐, 쥐만 잡으면 되지'라는 절묘한 말로 공산당을 부정하지 않으면서 중국을 고리타분하고 파괴적인 노선 투쟁으로부터 자본주의의 길로 이끌어내 이제 곧 세계 1위 자리에 오를 수 있는 터전을 마련한 위대한 지도자였다.

인생 역정도 자신과 비슷한 점이 많았다. 덩샤오핑은 문화대혁명 당시 숙청의 위기가 닥치자 마오쩌둥에게 수십 차례 자아비판문을 써 보내고 끝없이 굴신해서 가까스로 목숨을 부지했다. 자신도 비슷한 역정을 겪었다. 아버지는 혁명 원로에 부총리였고 자신은 귀공자로 태어났으나 죽음의 문턱을 드나들 만큼 힘든 하방 생활을 견뎌냈다. 15세 어린 나이부터 거의 7년 가까이 토굴에서 지내며 힘든 노동을 견뎌내야만 했다. 공산당 입당을 열 번이나 거부당하고 서열 다툼에서 밑바닥을 헤맬 때만 해도 그 누구도 자신이 최후의 승자가 되리라고는 상상하지 못하지 않았던가.

"도광양회!"

시진핑은 다시 한 번 절규처럼 이 한 마디를 내뱉었다. 이상한 일이었다. 아무리 화가 나는 일도 '도광양회' 한 번이면 다 극복이 되었는데 도널드 트럼프 이자만은 도저히 극복이 안 되는 것이었다. 심호흡을 하며 차분히 열기를 가라앉히려던 시진핑은 얼마 후 자신이 느끼는 이 강렬한 감정이 트럼프에 대한 분노가 아니란 걸 깨달았다. 그것은 두려움이었다.

미국에 대한 두려움. 이제껏 미국의 어떤 대통령도 깨닫지 못하고 있던 감추어진 진실을 오히려 말도 안 되는 저질 대통령 트럼프가 짚어오고 있는 것이었다.

아버지 부시, 클린턴, 아들 부시, 오바마에 이르기까지 미국의 대통령들은 모두 국제화와 자유무역과 세계평화를 주창했고 그 시기 중국은 눈부신 성장을 해왔다. 그런데 트럼프는 이들과 확연히 달랐다. 그는 집권하기 전부터 중국을 약탈자에 비유하며 강력한 보호무역을 천명하더니 지금에 이르러서는 지난 수십 년간 한 번도 겪어본 적 없는 굴욕을 중국에 강요하고 있는 것이었다.

시진핑은 중국의 기업과 은행이 북한과 거래해선 안 된다, 중국 정부가 더욱 적극적으로 북한에 대한 경제 제재에 나서라, 대북 원유 공급을 끊으라는 등 미국의 요구에 머리가 터질 지경이었다. 따르자니 중국의 자존심은 바닥을 모를 정도로 추락할 수밖에 없고, 따르지 않자니 미국의 어떤 복수가 뒤따를지 모른다.

시진핑은 크게 한숨을 내쉬었다. 중국 역사에서 지금은 정말 중요한 순간이고 자신은 절벽 위에 서 있다는 생각에 시진핑은 눈을 감고 오늘에 이르게 된 중국의 근현대사를 한 장면 한 장면 떠올렸다. 어려움에 처할 때마다 역사를 반추하며 마음을 가라앉히는 건 시진핑의 습관이었다.

1842년 아편전쟁에서 참패해 아시아의 종이호랑이란 굴욕과 수모를 당했던 내 나라 중국. 천자의 나라라는 자존심은 여지없이 무너지고 허접한 삼류 국민으로 추락한 인민들은 회생의 기대와 희망마저 접었다.

그러나 훗날 대륙의 주인으로 등장한 국부 마오쩌둥과 우리 동지들은 아편전쟁의 치욕을 한순간도 잊지 않았다. 1949년 공산정권 수립부터 100년 후인 2049년까지 미국을 무너뜨려 세계 패권을 거머쥐겠다는 원대한 야심을 품고 우리는 와신상담했다. 《손자병법》의 인忍·세勢·패覇에 따라 우리가 약할 때는 굴신하며 때를 기다리고, 남의 힘을 빌려 적을 제압하며, 강자가 약세를 보일 때는 가차 없이 눌러버린다. 우리는 1969년 중소분쟁에서 승리했고, 미국과 수교 이래 미국도 그런 전략에 놀아나게 만들어 결국 조국을 G2의 반열에 올려놓았다.

슈퍼 차이나.

나는 14억 중국 인민들에게 중국몽을 약속했다. 위대한 중화의 시대를 만들자는 꿈. 일대일로帶路는 중국몽을 실현하기 위한 비전이다. 단순한 건설 공사가 아니다. 일대일로를 통해서 내가 내보내고자 하는 것은 군사력·경제력·문화적 파워에 이르기까지 말 그대로 중국의 힘 그 자체이다. 그리하여 조국이 꿈꾸는 새로운 국제 질서, 중국을 태양으로 하는 새로운 우주를 만드는 것이다. 그날이 오기까지 미국과의 전쟁은 어떻게든 피해야 한다. 중국몽이 실현되기까지는 미국의 터무니없는 시비도 묵묵히 인내하며 견뎌내야 한다.

북한 문제만 해도 그렇다. 대북 제재를 강요하는 미국이 정말 죽도록 밉지만 언제 미국이 북한에 대해 무력을 동원할지 모르니 일단은 대북 제재에 동참하는 모양새를 취해야 한다.

남중국해에서 끊임없이 도발하려는 미국과 댜오위다오를 둘러싼 일본과의 갈등도 신경을 날카롭게 긁지만 당장은 참는 것밖에는 도리가 없다. 일대일로 포럼에 북한을 초청한 것도 그간 소원했던 북한에 결코 버리지 않을 테니 참고 견디라는 메시지였지만 결국 미국이 서구 국가들의 보이콧을 운운하며 시비를 걸어오는 빌미가 되고 말았다. 부글부글

끓지만 꾹 참고 군비 확장에 더욱 가속을 붙이도록 독려해야 한다.

미국에게 새로운 항공모함의 위용을 보여주고, 무엇보다 우리의 신형 잠수함으로 수틀리면 대륙간탄도탄을 발사할 수 있다는 것도 보여주어야 한다. 이제 이대로 5년에서 10년만 더 가면 미국도 겁먹을 수밖에 없는 군사 시스템을 보유하게 된다. 그때까지는 무슨 일이 있어도 참아야 하고, 설사 미국이 북한을 때리더라도 허용해야 한다.

미국의 MD망에 점점 가까이 가고 있는 한국이 문제지만 새 대통령에게 기대를 걸어볼 수밖에 없다. 그나마 푸틴과 말이 통하는 것이 다행이다. 트럼프가 북핵 때문에 길길이 뛰면서 유엔 안보리 제재를 요구했을 때만 해도 푸틴에게 부탁해 러시아가 대신 나서주지 않았던가.

블라디미르 블라디미로비치! 정말 괜찮은 친구다. 물론 완전히 믿을 수는 없다. 국익 앞에서는 영원한 친구도, 영원한 적도 없는 것 아닌가! 미국의 도발을 막기 위해 푸틴과 브로맨스 관계를 유도한 건 지금 생각해도 최고의 전략이었다. 우리의 동반은 단순한 로맨스가 아니다.

생존을 걸고 하는 거다. 지금 우리가 힘을 합하지 않으면 중국도 러시아도 국가 해체 위험에 직면할 수 있다. 트럼프

이놈이 집권하자마자 대만을 휘저어 1979년 이후 지켜져 온 '원 차이나' 정책마저 뒤흔들고 있는 것만 보아도 알 수 있는 것 아닌가!

그나저나 아무리 좋게 생각하려 해도 트럼프 이놈은 너무나 뻔뻔하다. 교과서에 나오는 경제 원칙과는 모조리 반대로 가면서 저 혼자 다 가지려 한다. 미국 놈들이 먹고사는 문제에 왜 우리 중국 인민들이 희생해야 하나.

미국 놈들은 항상 제멋대로 살면서 무조건 세계 1위가 되어야 한다며 누구든 자기 밑에 납작 엎드리라고 호통치는 웃기는 놈들이다. 지탱할 수 없는 기형적인 경제 구조에 무역 적자는 매년 20퍼센트씩 증가하고 정부 재정 역시 불량하기로 세계 제일이 아닌가. 정부 부채가 9조 6천억 달러가 넘고 가구당 부채가 100만 달러에 이르는 놈들이 근검절약은커녕 흥청망청 써댄다.

무분별한 국채 발행은 멈출 줄 모르고 급할 때마다 영국, 일본, 캐나다 등으로부터 달러를 공급받는 데다 심심하면 양적 완화니 뭐니 하면서 달러를 마구 찍어내면서 군사비는 물 붓듯 쏟아 붓는다. 현재 동아시아 국가들이 보유하고 있는 미국 재무성 발행의 국채 증서 규모가 얼마나 되는지 미국 놈들이 한사코 밝히지 않는 건 심각한 위기 수준이란 얘기 아닌가.

하지만 아직 조국은 미국의 적수가 되지 못한다. 모든 부문에서 미국에게 뒤떨어진다. 우리 군사력이 많이 신장되었다고 해도, 특히 해군과 공군의 군사력 차이는 비교할 수조차 없다. 세계의 바다를 지배하는 놈들의 항모전단은 열 개이지만, 우리는 이제 겨우 두 개를 배치할 정도로 군사력에서 열세다. 게다가 옆에 있는 인도가 미국에 착 달라붙어 있는 것도 미칠 지경이다.

우리는 해외 주둔 기지도 없는 상황인 반면, 놈들은 주변에 위협국이 없고 동맹국들에 기지를 건설해놓았기 때문에 원한다면 바로 우리 영토에 군대를 투입할 수 있다. 설사 한국이나 태국 등 육지에 붙어 있는 미국의 동맹국들을 파괴한다 해도 바다에 떠 있는 괌과 필리핀, 일본 등은 우리 해군력으로 처치하기가 결코 쉽지 않다. 아니 거의 불가능이다.

공군도 비교가 안 되는 게 당장 전투기만 봐도 미국은 5세대 전투기 F-22를 수백 대나 실전 배치한 상황인 반면, 우리가 대항 기종으로 개발하고 있는 J-20은 이제 겨우 실전 배치가 된 상태이다. 더군다나 우리 J-20은 F-22에게는 밀린다는 평이 기정사실이고, F-35와 겨우 비교되는 수준이기 때문에 우리가 우위에 설 가능성은 거의 없다. 게다가 저 망할 놈의 한국과 일본이 확고부동한 미국의 동맹이기 때문에 미국 정부에서 F-22를 수십 대 이상 한국이나 일본에 전진 배치해버리면 레이더로 잡지도 못하기 때문에 개전 초기에 대학살을 당하고 만다.

핵무기 전력에서도 우리는 미국에게 상대가 안 된다. 오로지 미국과 러시아만 상호확증파괴를 이룰 수 있을 뿐이다. 우리의 핵전력은 미국에 비하면 10퍼센트도 안 되는 상황으로, 물론 우리가 ICBM을 발사해 미국 본토에 큰 출혈을 일으킬 수야 있겠지만 그 대가로 인해 우리는 국가 자체가 사라지고 만다.

무슨 일이 있어도, 아무리 많은 국민이 죽어도 핵무기만은 써선 안 된다. 이건 내가 머릿속에 반드시 넣어두고 있어야만 한다. 자칫 분노에 휩쓸려 핵단추를 누르면 4천 년 역사의 내 조국과 모든 중화 인민은 지구상에서 사라진다는 걸 명심해야 한다.

러시아가 도와줄 리도 없다. 아무리 푸틴이라지만 자칫하면 나라가 날아갈 판에 그걸 무릅쓰고 핵전쟁에 뛰어들 정도로 무모하지도 가깝지도 않다.

문제의 근원은 북한인데 죽일 놈들이 쓸데없이 핵무기를 고집해 이 모든 위기를 불러온 것 아닌가. 아니 북한을 탓할 일은 아니다. 그러지 않아도 트럼프란 놈은 무슨 구실을 붙여서라도 시비를 걸어올 것이다. 그놈은 북한이 우리 말을 안 듣는다는 걸 잘 알면서도 입만 벌리면 중국만이 북핵을 제지할 수 있다고 거품을 문다. 북한 핵이 문제라면서 우리에게 슈퍼 301조를 들이미는 건 결국 우리가 타깃이라는 얘기 아닌가.

무슨 일이 터지더라도 미국과 군사적 충돌을 일으키지 않는 게 최선이다. 돈도 잘 벌고 있고 전방위로 나라가 발전하고 있는데, 그걸 깰 수 있는 유일한 가능성이 미국과의 군사적 충돌이다. 하지만 아무리 미국과의 충돌이 겁난다 해도 북한에 원유 공급을 완전히 끊을 수는 없다. 북한이 중국에 원한을 가진 채 붕괴하면 한국과 미국에 넘어가고 만다. 무슨 일이 있어도 이것만은 막아야 한다.

조선반도가 통일되면 그 무엇보다 무서운 결과가 터지고 만다. 베이징엔 천안문 사태가 터지고 결국 공산당은 붕괴한다. 1919년의 5·4운동은 한국의 3·1운동을 그대로 본뜬 게 아니던가.

북한·몽골·러시아·베트남·아프가니스탄·우즈벡·타지크 등 중국을 둘러싸고 있는 다른 모든 나라들과 달리 한국은 민주주의에 미친 나라이다. 중국이 통일한국과 국경을 마주하면 곧바로 민주주의가 수출되어 자유니 평등이니 직선제가 대학마다 메아리칠 것이다. 민주주의에 미친 자들은 총칼도 무서워하지 않는다.

무슨 일이 있어도 북한에 원유를 끊으면 안 되고, 도저히 견딜 수 없을 때는 러시아가 대리 공급하도록 비밀리에 자금을 대신 지불해야 한다. 얼마 전 러시아 국영석유공사에 투자 명목으로 100억 달러를 보냈지만 사태가 진전되는 걸 보아서는 더 보내 푸틴과 좀 더 잘 지내야 한다.

그나저나 그전에 북한 놈들이 이 상태에서라도 핵개발을 멈추어주면 좋은데 앞으로 어떻게 될지 알 수 없는 게 문제이다. 이 정도만 해도 미국이 마음먹을 때는 언제든지 때릴수 있는 구실을 이미 제공하지 않았나. 그러나 사실 미국이 북한을 때리면 우린 좋지 않은가. 그때는 설사 북한 정권이 붕괴하더라도 북한 주민들의 원망이 온통 미국과 남한에 쏠릴 테니 우리에게 기회가 있다. 오히려 북한의 인민대표들이 중국을 찾아오게 되어 있으니 우리가 원유를 차단했을 때와는 사뭇 다를 것이다.

트럼프 놈아, 때려라. 네놈이 그렇게 원한다면 바로 때려라. 네가 전 세계에 내뱉었던 약속을 이행하란 말이다!

독백을 끝낸 시진핑은 차창 밖으로 펼쳐진 베이징 거리의 풍요로움을 온 가슴으로 느끼며 가면을 쓰듯 부드러운 미소가 어린 얼굴을 만들었다. 사랑하는 아내 펑리위안은 이 얼굴을 가장 좋아하지. 오늘이 있기까지는 이 얼굴이 큰 힘이 되지 않았던가. 부드럽고 겸손하며 수수한 모습. 국민들은 이 얼굴을 보고 나를 '시 씨 아저씨'라는 뜻의 '시다다習大大'라는 애칭으로 부르며 따르지 않나.

시진핑은 차창을 열고 바깥의 시민들을 향해 점잖게 손을 흔들었다.

20.
청와대의 이지

"최 박사는 운이 좋습니다. 대통령님께 직접 인사드리는 건 그리 흔치 않거든요."

"감사해요."

"아니, 저에게 고마워하실 필요 없습니다. 대통령님께서 직접 말씀하셨어요. 최 박사 오시면 만나고 싶으시다고."

경제보좌관은 직접 이지를 대통령 집무실까지 안내했고, 책상에 앉아 있던 대통령은 일어나 반갑게 손을 내밀었다.

"자, 이리 앉읍시다."

"감사합니다."

과연 문재인 대통령은 듣던 대로 무게를 잡거나 권위를 내세우는 사람이 아니었다. 그는 이지에게 이것저것 집무실 안의 그림과 사진들에 대해 설명하고는 차를 권했다.

"내가 최이지 박사에게 놀란 것은 IAEA에서 일하면서도 어쩌면 그렇게 우리나라의 경제 문제들에 정통하고 놀라운 해법을 제시할 수 있느냐 하는 거였어요. 여기 김 보좌관도 탄복했어요."

"과찬이십니다."

"사실 벤처 및 창업자금을 살포하다시피 나눠주지만 그 효과에 대해서는 모두 회의적이었어요. 결국 사람이 하는 일이라 인재를 그리 가게 해야 한다는 데 동의합니다."

"감사합니다."

"그런데 실망한 부분도 있어요. 인재 학생 한 사람당 부모님 갖다 드리라고 1년에 1억씩 주면 안 오고 배기겠냐 해서 우람하고 강한 모습일 줄 알았더니 이렇게나 여성스럽고 고운 분일 줄 몰랐어요."

이지는 말없이 고개를 숙여 보였다.

"만난 김에 요즘 골치 아픈 문제들 좀 물어볼까요?"

이지는 아연 긴장했다. 가벼운 인사 정도 하는 줄 알았는데 이건 면접보다 더 엄중하고 무서운 자리였다. 당황스러웠지만 이지는 잠잠히 고개를 숙였다.

"네에."

"우리나라 자식 가진 집에서는 다 고통을 느끼는 문제인데 지나친 사교육에 집집마다 허리가 휘고 있어요. 아무리 공교육을 살리려 해도, 또 전인교육을 목표로 해도 일류대학을 향한 집념이 꺾이지 않는 한 백약이 무효거든요. 어떻게 하면 사교육의 폐해로부터 가정을 보호해 좀 편안하게 살고 행복도 더 누리게 할 수 있을까요?"

대통령의 걱정스러운 표정으로 보아 이것은 이지를 테스트하는 정도가 아니었다. 어쩌면 '창업대학교'를 제언한 이지에게 진짜 해결책을 기대하고 묻는 진지함이 어린 것 같기도 했고, 또 한편으로는 이제껏 어떤 해결책도 못 찾았는데 부담 없이 얘기해보라는 격려도 어린 것 같은 표정이었다.

신기하게도 이지는 아무런 망설임 없이 바로 대답하기 시작했다.

"사교육은 결국 소득과 맞물려 있습니다. 즉 돈을 많이 들여 좋은 대학을 보내면 그에 따른 대가가 돌아온다는 확고한 믿음이 있기 때문에 허리가 휘면서도 집착하는 겁니다."

"실제 이 사회가 학벌사회라 그 의식을 바꾸기는 참 힘들어요."

"아주 쉽게 그걸 깰 수 있습니다."

"어떻게요?"

대통령은 놀랍고도 반가운 표정이었다. 물론 거기에는 이 사람이 그토록 어려운 문제를 너무 간단하게 보는 것 아닌가 하는 우려감도 배어 있었다.

"고등학교만 졸업하고 바로 취업 전선에 뛰어드는 청년들을 집중적으로 도와주면 될 것 같습니다. 가령 고등학교를 졸업하고 그 해에 바로 취직해 3년이든 5년이든 지속적으로 일을 하면 국가에서 재산 형성을 도와주는 겁니다. 5천만 원이든 1억 원이든."

"대학에 안 가는 위로금으로요?"

"위로금이라기보다는 청년과 저소득층을 돕는 자금입니다. 고등학교 졸업하고 1년 후 취직하면 그보다는 좀 적게 도와주고, 2년 후 취직하면 그보다 좀 적습니다. 반면 대학을 졸업하면 안 도와주는 거죠."

"오, 그러면 미래가 불확실한 대학에 돈과 시간을 잔뜩 써가며 들어가는 것보다 일찍 직장에 들어가 안정하게 된다는 얘기군요."

"네. 각 가정에서는 따져볼 겁니다. 진정 공부가 하고 싶고 공부를 잘할 자신이 있는 사람들은 자기 돈을 들여 공부하는 길을 택할 겁니다. 그러나 공부가 싫은 학생들은 끌려가다시피 대학에 갈 필요가 없어 교육 낭비를 줄이고 대학에 가는 학생보다 경제적으로 더 안정될 확률이 높습니다."

대통령은 잠시 생각하다 사막에서 오아시스를 발견한 것 같은 기쁜 표정으로 외치듯 말했다.

"그건 사교육을 없앨 뿐 아니라 청년 실업도 해결하고 취약한 청년층을 돕는 유력한 방법이기도 하네요. 물론 저소득층 지원도 되고."

이지의 옆에서 경제보좌관도 놀랍다는 표정으로 고개를 끄덕였다.

"말씀하신 것만 해도 일석사조이지만 생각해보면 좋은 점이 더 많을 것 같습니다."

"허허, 최이지 박사는 어떻게 이런 생각들을 할 수 있어요? 한국에 살지도 않으면서."

"저는 한 번도 제가 한국 사람이 아니라고 생각해본 적이 없습니다. 오히려 한국 생각을 더 많이 하고, 그러다 보니 자꾸 이런 생각들을 하게 됐습니다."

"생각은 누구나 할 수 있겠지만 솔루션을 찾아내는 그 두뇌가 정말 놀랍군요. 지금 내 기분이 어떤지 아세요?"

"……."

"천군만마를 얻은 것 같아요. 하나 더 물어도 될까요?"

"네에."

"우리나라가 경제지표는 좋아도 바닥경기가 엉망이기 때문에 국민 대다수가 고통 받고 있어요. 돈은 일부 계층에게만 계속 쏠리고 서민들은 힘들어 죽을 지경입니다. 기업들이 돈을 아무리 벌어도 사회에 풀지를 않아요. 고용도 하고 투자도 해야 하는데 기업들이 쥐고만 있으니 사회에 돈이 안 돌고 경기는 계속 죽을 쑨단 말이에요. 이 문제를 어떻게 해결해야 합니까?"

놀랍게도 이지는 한 치의 망설임도 없이 바로 대답했다.

"30대 그룹의 유보금이 이미 600조가 넘으니 바닥경기가 살 수 없습니다. 대기업 위주 경제가 점차 심화되기도 하고요. 그래서 사내 유보금을 처벌하는 법을 만든다느니 하지만 법적 근거도 약하고, 세금을 낸 이상 기업들은 오히려 돈을 더 숨기게 됩니다."

"이전 정부에서 기업들을 독려도 하고 협박도 하고 했지만 백약이 무효였어요."

"그건 법으로 하거나 처벌한다고 해서 해결되지가 않습니다. 기업이 왜 돈을 자꾸 쌓아놓느냐에 대한 이해를 먼저 하고 순리에 따라 길을 터는 게 맞습니다."

"왜 기업들은 정의롭지 못하게 돈을 쌓아만 두는 거죠?"

"오늘날의 기업은 아무리 좋은 기업도 늘상 위기에 맞닥뜨리고 있습니다. 삼성전자 같은 초일류 기업도 아차 해서 신제품 개발에 늦으면 애플이나 샤오미 같은 경쟁 기업에 당합니다. 그래서 기업은 그럴 때 믿을 건 돈밖에 없다 생각하고 위기 대비용으로 쌓아두는 겁니다."

"음, 국민의 바람과는 다르지만 그걸 잘못됐다고 하기는 어려운 부분이 있어요."

"잘못은 아니지만 국가가 나서서 해결해야 할 문제입니다."

대통령은 기다렸다는 듯 물었다.

"어떻게요?"

"기업이 잘될 때는 국가가 세금을 착착 걷어가지만 위기에 빠졌을 때는 도와주는 장치가 전혀 없습니다. 이럴 때 금융기관은 도와주기는커녕 오히려 대출금을 회수해 기업을 도산시키기도 합니다. 그러니 기업을 비난할 수 없습니다. 이 지점에서 국가의 역할이 필요한데, 평소 돈을 많이 풀어 고용 많이 하고 투자 많이 하는 기업에는 포인트를 줍니다. 그리하여 국가와 사회에 대한 기여도가 높은 기업이 위기에 빠졌을 때는 그 쌓인 포인트를 가지고 은행에 가면 즉각 도움을 받을 수 있도록 하는 겁니다. 그러면 기업이 돈을 쌓아놓을 필요 없이 맘껏 돈을 풀어 바닥경기가 확 살아나게 될 겁니다."

"호오, 고용과 투자뿐만 아니라 갑질 없을 때도 포인트, 비정규직 줄일 때도 포인트, 종업원 복지 확충 때도 포인트, 기타 착하고 좋은 모든 행위에 포인트를 줌으로써 기업이 자발적으로 개선하고 공익에 이바지하게 한다는 말이군요."

"그렇습니다. 무디스 같은 기관이 오로지 돈의 관점에서만 평가하는 것과 달리 가치의 관점에서 보고 포인트를 주면 경영자들은 좋은 기업으로 거듭나려는 노력을 필사적으로 하게 됩니다. 물론 이익 창출이나 국제수지 개선에 기여하는 등 기업 본연의 영역에 대한 평가가 근본이지만요."

"포인트가 바로 돈이니까 불경기 때도 몸을 사리지 않고 적극적으로 고용과 투자를 하는 기업이 나올 수 있군요."

"그렇습니다. 기업이 가장 두려워하는 건 유동성 위기입니다. 즉 위기에 빠졌을 때 현금 도움을 못 받는 겁니다. 하지만 나라와 국민과 은행이 등 뒤에 있다는 든든한 자신감이 뒷받침되면 기업도 어떻게든 평소 돈을 풀고 투자, 고용 등으로 사회에 기여하려 할 겁니다. 그와 반대로 잘되는 장사만 골라 하고 정의롭지 못한 방법으로 약삭빠르게 돈만 버는 기업은 포인트가 없기 때문에 위기가 오면 굉장히 취약합니다. 포인트가 없으면 평소의 신용평가가 내려가므로 어떤 기업도 그런 식으로 하려 들지 않을 거예요."

"멋지군요. 공정거래위원회가 할 일이 없어지겠어요. 그런데 평가는 정부에서 하나요? 아니면 전문 평가기관에서?"

"정부도 좋고 평가기관도 좋지만 거기에 더해 국민들도 참여토록 하는 게 좋습니다. 우리 국민의 집단지성 수준이 매우 높은 데다 그렇게 하면 기업도 국민을 단순히 소비나 하는 봉으로 생각하지 못하고 국민 눈높이에 맞춰 경영을 하게 됩니다. 따라서 기업과 국민 사이도 급속히 좋아지게 되어 있습니다."

대통령은 국민 평가라는 말에 더욱 반기는 표정이었다.

"투자도 고용도 안 하면서 잘되는 사업만 골라 하고 본업보다는 부동산으로 배불리고 중소기업의 기술을 악독하게 빼앗고 갑질을 일삼는 기업들을 자연히 국민이 심판하게 된다는 얘기군요. 아주 좋아요."

이지는 순식간에 대통령의 마음을 휘어잡았다.

"그렇군요. 지난번 사드를 빨리 결정해야 중국도 받아들일 수 있다는 논리가 맞았어요."

"사드는 앞으로도 계속 시빗거리가 될 텐데 동병상련이라는 사자성어를 쓰면서 중국과 우리가 같은 처지라는 심리적 공감대를 형성하는 게 중요합니다."

"심리적 공감대라면?"

"중국도 싫지만 어쩔 수 없이 미국의 힘에 눌려 북한과 거래하는 자국 기업과 은행을 조사하고 제재합니다. 자국에 필요한 광물 수입도 대폭 줄이는 등 주권을 가진 나라로서, 특히 G2 국가로서 자존심도 말이 아니고 속으로는 부글부글 끓습니다. 하지만 미국의 힘에 눌려 싫어도 할 수 없이 합니다."

"우리도 마찬가지라는 점을 부각시키라는 거군요."

"그렇습니다. 중국 너희가 미국의 힘에 밀려서 자국 기업과 은행을 조사하고 있듯이 우리도 미국의 힘에 눌려 할 수 없이 사드를 배치한 거다. 우리가 우리 의지에 따라 한다면 왜 가장 중요한 서울 방어용으로 못 쓰고 미군이 있는 평택 방어용으로 쓰겠느냐? 이걸 가지고 우리에게 계속 시비를 걸어오는 게 부끄러운 줄 알아라. 우리를 원망하며 복수하려면 먼저 너희가 당당하게 미국의 요구를 거부해야 하는 것 아니냐. 우리는 같이 머리를 맞대고 어떻게 하면 미국으로 하여금 군사 행동을 못하게 하느냐를 함께 고민해야지, 사드를 자꾸 문제 삼으면 결국 미국만 좋을 뿐이다. 이렇게 한국의 입장에서 강력하게 경고해야 합니다."

"중국에 혐오감을 가지는 한국 국민이 많아지면 결국 미

국, 일본과 딱 붙을 수밖에 없고 그건 당신들 손해라는 얘기
지요?"

"네. 무엇보다 미국은 보호무역으로 중국을 잡으려 드는데
지금 중국이 한국을 상대로 보호무역을 휘두르는 바보짓을
하는 게 아닌가. 중국이 앞장서 자유무역만이 정도라는 걸
부르짖어야 하는데 오히려 사드 배치를 빌미로 한국 기업을
박해하고 있으니 빨리 완전 정상화를 하지 않으면 한미일 군
사동맹으로 가는 게 사필귀정 아니냐는 논리를 관철시켜야
합니다."

"깊이 생각해볼게요."

"감사합니다."

이지가 대통령에게 깊이 고개를 숙이자 대통령도 고개를
숙여 맞절을 했다. 이지는 평소 대통령의 생각이 독일의 풍
토에서 살아오고 생각해온 자신과 맞는다고 생각하지는 않
았지만 자신을 대하는 대통령의 진지하고 성실한 모습을 보
며 짧은 시간에 깊은 신뢰가 생기는 느낌이 들었다.

21.

죽음의 백조

괌, 앤더슨 기지.

"블랙 몬스터 1, 정렬선 대기."

"로저."

"블랙 몬스터 2, 정렬선 대기."

"로저."

밤 열 시의 활주로 정렬선에 거대한 동체를 정지시킨 채 지령실의 이륙 명령을 기다리는 두 대의 B-1 폭격기는 어둠 속에서 붉은 식별등을 깜박거리며 조용히 숨결을 가다듬고 있었다.

"작전 목표를 하달한다."

평상시의 출격이라면 사전에 작전 명령을 하달받기 마련

이지만 비상 출격 시에는 일단 비행기에 탑승한 후 작전 명령을 받기로 돼 있는 B-1 폭격기의 조종사들은 숨을 죽인 채 헤드셋을 타고 흘러나오는 작전 명령에 귀를 기울였다.

"목적지 좌표를 알려주겠다. 동경 17도. 북위 41도."

능숙한 솜씨로 자판을 두드리던 조종사들은 어딘지 이상한 기분에 서로 얼굴을 마주 보았다. 늘 비행하던 구역이 아니었음은 물론, 매우 낯선 구역이라는 느낌이 들자 얼른 모니터상의 지도에서 좌표를 확인했다.

"이건!"

목표 지점은 한반도의 북방한계선을 한참이나 올라간 곳이었다. 비록 공역이긴 했으나 북한 영공과의 경계선을 바로 곁에 두고 있어 적의 요격이 충분히 예상되는 곳이었다.

"타격 목표를 알려주겠다. A1, A2, A3……."

"로저."

조종사들의 목에서 꼴깍 침 넘어가는 소리가 났다. 평양의 김정은 집무실을 비롯해 모두 김정은이 거주하거나 체류하거나 집무하는 곳들 외에도 묘향특각 등 북한 각지의 초대소가 있는 곳이었다. 평소 훈련하던 영변, 동창리, 풍계리 등 핵시설 있는 곳이 모두 빠져 있어 이번 출격이 오로지 김정은의 목숨을 목표로 한다는 걸 알 수 있었다.

"발사 지점은 H6!"

"로저."

다시 지도상에서 좌표를 확인한 조종사들은 이 지점이 북한 전역을 단 한 곳도 빠뜨리지 않고 타격할 수 있는 지점인 걸 알 수 있었다.

"한국 공군의 에스코트는 없다."

"로저."

지령실의 이 말은 조종사들을 더욱 긴장시켰다. 한국 공군의 에스코트가 없다면 이것은 훈련이 아닐 가능성이 훨씬 컸다.

"블랙 몬스터 1, 2에는 각각 열여섯 발씩의 재즘이 실려 있다. A1에서 A4까지는 각 네 발씩, 나머지 타깃은 각 두 발씩 발사한다."

"로저."

조종사들은 핵무기와 맞먹는 위력을 가진 공대지 미사일 재즘이 실려 있다는 지령실의 통보에 온몸이 긴장으로 뻣뻣해지는 걸 느꼈다. 한국 공군을 불참시키는 데다 재즘까지 실었다면 이것은 분명 실전이었다.

"블랙 몬스터 1 테이크 오프!"

지령실의 이륙 명령이 떨어지자 거대한 B-1 랜서는 굉음을 일으키며 어둠을 뚫고 활주로를 한참 달려가서는 둥실 떠올랐다. 이어 한 대의 B-1이 뒤를 따르고, 잠시 후 가공할 위력을 지닌 두 대의 폭격기가 사람들의 시야를 벗어난 후 앤더슨 기지의 관제탑에 커다란 점으로만 남았다.

몬스터 1의 기장 케이건 소령은 옆자리의 조수 마이클 중위를 향해 진한 농담 한마디를 내뱉었다.

"미키, 오늘은 자네가 미끼야."

마이클 중위의 목에서는 꼴깍 침 넘기는 소리가 났다.

"저는 각오가 되어 있습니다."

"각오야 자네보다 미사일이 돼 있어야지."

적기는 관제탑의 지시에 따라 뜨기는 하겠지만 B-1이 어디 있는지조차 모르고 미사일에 맞아 격추당하고 말 것이었다.

케이건 소령은 모니터 버튼을 눌러 공대공 미사일 장착 상황을 살폈다. 모두 열두 발. 그는 머릿속으로 벌어질 수 있는 그림을 그려보았다. 적의 요격기는 청진 공군기지에서 발진할 테지만 그것은 하등 걱정할 것이 없었다. 적의 미그 21기나 25기는 뜨는 순간 밥이었다. 적당히 끌어내 공대공 미사일의 최고봉 사이드와인더를 발사하면 뜨는 족족 격추시킬 수 있었다.

2차 세계대전 때와 같은 공중전은 완전히 역사의 뒤안길로 사라져버렸고, 이제 비행기 간의 싸움은 어느 쪽 비행기의 레이더와 미사일이 더 우수한가를 가르는 과학과 기술의 싸움이지 더 이상 인간이 할 수 있는 건 없었다.

특히 유도 미사일들은 혼자 무인기처럼 공중에서 빙빙 돌다 적기가 뜨거나 다가오면 바로 GPS 달린 탄두가 단 한 치의 오차도 없이 날아가 격추시켜 버리기 때문에 적기는 어디에 있는 무엇에 격추되는지, 아니 심지어는 격추되거나 생명이 달아나는 바로 그 순간까지도 아무것도 모르고 있다 그냥 사라져버리기 마련이었다.

또한 폭탄의 위력도 상상할 수 없을 정도로 강력해져 수만 명의 보병도 적외선 센서와 GPS 달린 단지 몇 발의 폭탄만으로도 한꺼번에 살육할 수 있어 사실 북한의 군사력은 선제 타격을 당하는 순간 거의 90퍼센트 넘게 궤멸될 정도였다.

더욱 가공할 만한 건 초소형으로 만들어져 불과 300여 킬로그램밖에 나가지 않는 핵탄두로, 이것이 발사되면 지하 100미터 이상의 땅굴에 숨어 있어도 직접 타격으로 불타 죽거나, 요행히 살아남는다 하더라도 입구가 막혀버려 살았으되 죽은 것과 다름없는 꼴이 될 뿐이었다.

문제는 적의 지대공 미사일인데 이것만은 조심해야 한다. 물론 B-1에는 미사일을 유도하는 각종 장치가 있지만 항상 최고로 작동한다는 보장은 없었다.

"이놈도 완전 스텔스로 만들었으면 좋을 뻔했어요."

"호호, 그건 너무 비싸."

케이건은 예전에 B-2를 타고 평양 상공으로 진입하던 기억을 떠올렸다. B-2는 완전 스텔스라 그야말로 무적이었다. 느릿한 속도로 서해안에 진입한 후 평양 상공에서 갑자기 마하 2 정도로 속도를 높이면 돌연 발생하는 귀청을 찢는 듯한 파열음에 김정일을 비롯한 북한의 수뇌부는 혼비백산해 숨기 바빴었다. 그야말로 눈에 전혀 띄지도 않고 레이더로 잡을 수도 없는 이 B-2의 평양 상공 출현이 어쩌면 김정일의 수명을 단축시켰을지도 모를 일이었다.

"B-2의 평양 상공 출현은 아무도 얘기하지 않았지만 누구나 아는 사실이었어. 우리도 북한도 그걸 언급해서 좋을 일은 없었거든."

"B-2는 핵폭탄을 탑재하나요?"

"항상."

블랙 몬스터라는 별칭으로 불리는 괴물 같은 폭격기 B-1B 랜서는 평상시 핵무기를 싣고 다니지 않는 데 반해, 완벽한 스텔스 기능을 갖춘 B-2는 항상 핵무기가 기본적으로 실려 있었다.

"그럼 북한 놈들이 B-2만 무서워하고 우리는 우습게 보지 않을까요?"

"그 반대야. B-2의 공격은 알 수도 없으니 두려워할 시간도 없어. 하지만 이건 어렴풋하게나마 알 수는 있지. 그러니 더 공포심이 차오르게 되는 거야."

"소령님, 그런데 왜 한국 공군은 훈련에만 동참하고 실전에서는 빠지나요?"

"두 가지 이유야. 하나는 한국 대통령이 북한에 대한 어떠한 선제타격도 반대하기 때문이야. 그리고 또 하나는, 우리 지휘부에서는 한국 측에 알리면 그게 어떤 경로를 거치는지는 몰라도 반드시 북한 측으로 들어간다고 생각하고 있어. 경험과 직감으로 말이야."

"설마 북한 측에 알려줘서 우리가 미사일에 격추되도록 하지는 않겠죠?"

"물론 그 정도는 아니야. 하지만 그게 어떻게 치명적으로 작용할지는 모를 일이지."

두 사람의 대화는 갑자기 끼어든 지령에 멈추었다.

"블랙 몬스터. 오키나와의 가데나와 본토의 이와쿠니에서 발진한 전투기들이 합류할 예정이다. 주파수를 맞추고 서로 통신하라."

"로저."

"흐. 이거 아쉬운데요. 대구나 군산에서만 합류하면 모양새가 그럴듯할 텐데요."

조수는 전투기들이 합류하자 한결 안심이 되는 모양이었다. 케이건 소령은 말없이 현재 좌표들을 살피고는 전투기들과 교신을 시작했다.

"케이건 소령님, 이거 정말 실전인가요?"

전투기 조종사들도 실전을 예감했는지 이구동성으로 케이건에게 물었지만 케이건은 대답하지 않았다. 지휘부가 실전인지 훈련인지 모르게 하는 걸 보면 어떤 의도가 있을 것이었고, 어쩌면 이것이 진짜 실전인지도 모를 일이었다. 언젠가 선제타격의 작전 개념을 설정하는 지휘부 회의에 참석한 적이 있었던 그는 미군의 선제타격이 김정은만을 노리고 이루어지지는 않는다는 걸 알고 있었다.

북한의 모든 핵시설, 미사일 부대들, 군단들, 벙커들, 김정은 관련 시설들을 합해 수백여 타깃에 순항 미사일을 1천 발 이상 동시에 터지게 하는 것이 선제타격의 작전 개념이었다.

"저기 전투기들이 보입니다."

조수는 여덟 대의 F-35 전투기를 보자 반가우면서도 긴장되는 표정을 지었다. 오키나와에서 합류하는 전투기들은 보통 F-18이었지만 오늘은 처음으로 F-35가 뜬 것이었다.

"정말 무슨 일이 있어도 있을 모양인데요."

그리고 잠시 후 이와쿠니에서 발진한 전투기들을 보는 순간, 그의 입에서는 거의 고함 소리 같은 탄성이 터져 나왔다.

"소령님, 저거 랩터예요."

어둠 속이지만 과연 F-22 특유의 민첩하고 날카로운 보디라인이 케이건 소령의 눈에도 확연히 들어왔다. 놀랍게도 랩터 역시 모두 여덟 대였다. 케이건 소령은 잠시 헷갈렸다. 자신이 알고 있는 선제타격은 먼저 1천 발 정도의 순항 미사일을 동시에 쏟아부은 후 B-2와 랩터가 북한으로 들어가 아직 숨이 붙어 있는 해·공군 기지와 육군의 군단들, 미사일 기지들을 초토화하는 것이었다. 그다음 B-1과 B-52가 완전히 청소하는 것이라 오늘은 실전 같은 흉내는 내지만 결국은 훈련이라고 생각했는데 등장하는 전투기들의 기종이나 숫자가 마냥 훈련이라고만 판단하기는 어려웠다. 순간 날카로운 음성이 무전기를 타고 귓전에 울렸다.

"나는 사이먼 중령이다. 이 지점부터 내가 지휘를 맡는다. 앤더슨, 가데나, 이와쿠니 순으로 한 대씩 대답하라."

"로저."

두 대의 B-1을 포함해 무려 열여덟 대의 최신예 전폭기는

271

울산 상공에서 만나 동해의 해안선을 타고 북을 향해 직선으로 날았다.

"이것은 실전이다. 모두 정신 차리고 지휘기에 항상 주목하라!"

"로저."

항공전단이 삼척을 지날 무렵 잔뜩 긴장한 사이먼 중령의 목소리가 역시 최대한 긴장하고 있는 조종사들의 고막을 때렸다.

"작전 명령을 하달한다. 랜서는 목표 좌표에 도달하는 순간 즉각 장착하고 있는 서른두 발의 재즘을 목표물을 향해 전량 발사하라! 현장에서 다시 지시하겠다."

"로저!"

대답하는 케이건 소령의 음성은 약간 당황스러운 듯했다. 다른 하급 조종사들과는 달리 선제타격 개념을 확실히 알고 있는 그로서는 지휘관 사이먼 중령의 작전 지시가 너무나 뜻밖이었다. 하지만 군사 작전이란 분초 단위로 바뀌는 거라 그는 잡념을 머릿속에서 지워버렸다. 이제부터 실전인 이상, 적의 반격에도 최대한 주의를 기울여야 하는 것이었다.

"랩터는 현장에서 작전 지시가 있을 경우 평양으로 날아간다. 다른 지역이 될 수도 있으니 긴장하고 지시를 기다려라."

"로저!"

케이건은 그제야 이것은 실전이라는 확신이 들면서 의문이 풀리는 것 같았다. 재즘은 김정은의 동정을 파악하기 위한 용도였다. 먼저 재즘을 발사한 후 북한의 상황을 인공위성과 에이왁스, 오산의 감청기지 등을 통해 파악할 것이었다. 그런 다음 랩터가 날아가 확고부동한 지점에 B61을 발사해 김정은을 확실히 죽이자는 작전이었다.

"F-35는 현장에서 대기한다, 이상!"

"로저."

참수 작전.

케이건은 이것이 최종적으로 지휘부가 선택한 방법이라고 생각했다. 그간 빈 라덴을 살해한 미군 특수부대 네이비실의 정예 요원들이 한국에서 훈련을 하고 있었고, 이들이 김정은이 평양 이외의 모처를 방문할 경우 스텔스 폭격기 B-2를 타고 날아가 전광석화 같은 작전을 펼친 후 동해상의 핵잠수함으로 귀환하는 작전을 선호하는 것처럼 보였지만, 그것은 연막에 불과했다.

전투기 못지않은 속도로 나는 랜서 덕분에 특수 임무를 띤 항공전단은 이제 목적지를 불과 100킬로미터 남겨두고 있었다. 그간의 대화와는 달리 조종사들 중 단 한 사람도 입을 여는 사람이 없었다. 누구 하나 이 삼엄하고 긴장되는 분위기를 느끼지 않는 사람이 없었고, 모두 지휘관 사이먼 중령의 명령만을 기다리고 있었다.

지휘관 사이먼 중령은 벌렁거리는 가슴을 억지로 진정시키며 낮에 요코스카의 7함대 사령부에서 열린 비상회의를 떠올렸다. 급작스럽게 호출되어 간 그 자리에는 즐비한 별들이 몹시 심각한 얼굴로 앉아 있었고, 무엇보다 하와이에 있는 태평양 사령부의 해리스 사령관이 와 있었던 것이다.

막 결론을 낸 것 같은 분위기의 회의장에서 많은 장군들이 주시하고 있는 가운데 자신이 받았던 명령은 놀랍게도 김정은 참수 작전이었다. 일체의 질문은 허용되지 않았기 때문에 지시를 받은 즉시 이와쿠니로 돌아온 후 지금 이 순간에 이르렀지만 오늘의 참수 작전은 전혀 예상하지 못했던 갑작스럽고 특별한 것이었다.

다만 그는, 이것은 그간 태평양 사령부에서 준비해온 작전이 아니고 트럼프 대통령의 긴급 지시로 시작된 작전이라는 말만을 들었을 뿐이었다. 그러나 어떤 정치적 계산이 들어가 있는지는 몰라도 이것은 불완전하기 짝이 없는 작전이었고, 회의실의 7함대 장군들은 여기에 대해 모두 불만을 토했다는 걸 느낄 수 있었다. 왜냐하면 북한군의 중심 화력에 대한 집중적 선제타격 없이 김정은만 암살하거나 혹 암살 작전이 실패한다면 그다음 사태는 남한에 대한 북한의 전면적 보복 공격으로 이어져 셀 수도 없는 한국인들이 희생당할 수 있기 때문이었다.

"사이먼, 현장 도착 3분 전입니다!"

부편대장의 목소리에 사이먼 중령은 모든 이성적 판단을 보류하고 감정을 억누른 채 조종사들에게 최후의 한마디 지시를 내렸다.

"몬스터 1, 정확히 180초 후 발사하라! 더 이상 별도 지시는 없다!"

"로저!"

"몬스터 2, 180초 후 발사하라! 별도 지시 없다!"

"로저!"

작전 시 공격 명령은 버튼을 누르는 시점 이전에 내려진다. 지휘기가 미사일에 맞거나 어떤 이유로든 지휘관에게 유고 사태가 발생할 경우 지시를 내리지 못하는 경우를 대비한 것이다. 일단 지시를 받으면 조종사는 지휘관의 재지시가 있기 전에는 본인의 판단으로 작전을 중단하거나 지시를 어겨서는 안 되는 것이다.

"으음!"

B-1B의 조종사들은 마른침을 삼키며 조종간을 당겼고 폭격수들은 일제히 미사일 발사 버튼에 손가락을 갖다 댔다.

"카운트다운!"

케이건 소령의 지시에 따라 랜서의 조종사들과 폭격수들은 일제히 소리를 내며 시간을 세기 시작했다.

"원 식스티!"

"원 피프티!"

"원 포티!"

10초 단위로 들려오는 랜서 폭격수들의 복창 소리를 듣던 사이먼 중령은 긴장을 잔뜩 머금은 눈으로 레이더를 살폈다. 어떠한 적기의 발진도, 미사일 발사 기미도 보이지 않았고, 현재 비행 지점이나 140초 후의 공격 지점이나 적 미사일의 사정거리에서 벗어나 있지만 등에 식은땀이 흐르는 건 어쩔 수 없었다. 이제 불과 2분 후면 한반도 전쟁의 막이 오르는 것이다. 사이먼은 공격 종료와 더불어 편대를 이끌고 선회할 방향으로 눈길을 돌렸다.

시야에 들어오는 몇 개의 별을 마주 보고 5마일 정도 날다 서서히 선회하면 몹시 부드러운 비행이 될 것이었다.

"원 트웬티!"

"원 텐!"

"원 헌드레드!"

나지막하나 긴장이 잔뜩 배인 폭격수들의 카운트다운을 입속으로 따라 하던 사이먼 중령은 다음 순간 돌연 복창 소리와 뒤섞여 헬멧을 울려오는 지령에 기겁을 하며 무전기에 대고 7함대 지령실에서 다급히 때려대는 지령을 절규하듯 내뱉었다.

"공격 중지! 공격 중지!"

이와 동시에 이미 발사 버튼에 손가락을 대고 있던 B-1B 랜서의 폭격수들은 황급히 손가락을 뗐고, 케이건 소령과 또 한 사람의 기장은 복창하며 긴장을 토해냈다.

"공격 중지! 몬스터 1 로저!"

"공격 중지! 몬스터 2 로저!"

잠시 후 동해를 크게 선회해 기지로 기수를 돌린 사이먼 중령은 밀려오는 허탈감 속에서 몇 번이나 고개를 좌우로 가로저었다.

이것이 훈련이었는지 아니면 실제 작전이 워싱턴의 상황 변화로 갑자기 취소되었는지 몰라도 훈련이라면 진짜 눈앞이 아찔한 실전보다 더한 훈련이었고, 이제 선제타격이 눈앞에 다가왔다는 조짐이었다.

그러나 이것이 정말 워싱턴의 지시였고 공격 100초 전 취소된 실전이었다면, 미국 대통령 트럼프는 장난치다 3차 대전도 벌일 수 있는 극히 위험한 인물이었다.

사이먼 중령의 심사는 아랑곳없이 무심한 B-1B 랜서 두 대와 F-22 랩터 여덟 대와 또 다른 F-35 여덟 대는 어떤 한국인도 인지하지 못한 심야 작전을 마친 후 깊은 어둠을 뚫고 기지로 귀환하고 있었다.

〈2권에 계속〉

미중전쟁 1

2017년 12월 12일 초판 1쇄 | 2021년 12월 14일 101쇄 발행

지은이 김진명
펴낸이 김상현, 최세현 **경영고문** 박시형

편집인 정법안
마케팅 양근모, 권금숙, 양봉호, 임지윤, 이주형, 신하은, 유미정
디지털콘텐츠 김명래 **경영지원** 김현우, 문경국
해외기획 우정민, 배혜림
펴낸곳 (주)쌤앤파커스 **출판신고** 2006년 9월 25일 제406-2006-000210호
주소 서울시 마포구 월드컵북로 396 누리꿈스퀘어 비즈니스타워 18층
전화 02-6712-9800 **팩스** 02-6712-9810 **이메일** info@smpk.kr

ⓒ 김진명 (저작권자와 맺은 특약에 따라 검인을 생략합니다)
ISBN 978-89-6570-545-1 (04810)
ISBN 978-89-6570-547-5 (세트)

쌤앤파커스(Sam&Parkers)는 독자 여러분의 책에 관한 아이디어와 원고 투고를 설레는 마음으로 기다리고 있습니다. 책으로 엮기를 원하는 아이디어가 있으신 분은 이메일 book@smpk.kr로 간단한 개요와 취지, 연락처 등을 보내주세요. 머뭇거리지 말고 문을 두드리세요. 길이 열립니다.